KB274676

『만엽집』 읽기

『만엽집』 읽기

세창명작산책_010

『만엽집』 읽기

초판 1쇄 인쇄 2013년 4월 20일
초판 1쇄 발행 2013년 4월 25일
_

지은이 강용자
펴낸이 이방원
기획위원 원당희
편집 조환열·김명희·안효희·강윤경
디자인 손경화·박선옥
마케팅 최성수
_

펴낸곳 세창미디어
출판신고 2013년 1월 4일 제312-2013-000002호
주소 120-050 서울시 서대문구 경기대로 88 냉천빌딩 4층
전화 02-723-8660
팩스 02-720-4579
이메일 sc1992@empal.com
홈페이지 http://www.sechangpub.co.kr/
_

ISBN 978-89-5586-177-8 03830

ⓒ 강용자, 2013

이 도서의 국립중앙도서관 출판시도서목록(CIP)은 서지정보유통지원시스템 홈페이지(http://seoji.nl.go.kr)와 국가자료공동목록시스템(http://www.nl.go.kr/kolisnet)에서 이용하실 수 있습니다.
CIP제어번호: CIP2013003974

세창명저산책_010

『만엽집』 읽기

강용자 지음

세창미디어

| CONTENTS |

제1장
만엽서설

1. 들어가기

가키노모토노 아소미 히토마로의 노래 4수(柿本朝臣人麻呂の歌四首)

> **1** 구마노 해변의 문주란 꽃처럼 마음은 몇백 갈래로 찢어지지만 직접 만날 기회가 없구나. (4·496)
>
> み熊野の浦の浜木綿 百重なす心は思へど 直に会はぬかも

> **2** 옛날 사람도 나와 같이 그녀를 그리다가 잘 수 없었던 것일까. (4·497)
>
> いにしへにありけむ人も あがごとか妹に恋ひつつ 寝ねかてずけむ

3 지금 세상에서만의 일은 아니다. 옛날 사람이야말로
더 소리 높여 울었던 것이다. (4·498)

今のみのわざにはあらず いにしへの人ぞまさりて 音にさへ泣
きし

4 오지 않나 골백 번이나 생각해서인지 당신이 보낸
사자는 봐도 질리지 않는다. (4·499)

百重にも來及かぬかもと思へかも 君が使の見れど飽かざらむ

해석과 감상

위의 노래는 지금부터 대략 1300여 년 전에 편찬된
『만엽집』의 대표 가인 가키노모토노 히토마로(柿本人麻
呂)가 사랑하는 사람을 그리며 부른 노래이다. 히토마로
가 그린 그 대상은 누구인지 모른다. 498번가는 497번가
에, 499번가는 496번가에 답한 형식을 갖고 있는 이 가
군은, 히토마로와 아내가 화답한 노래인지, 히토마로 스
스로의 자문자답가인지 모른다. 노래가 만들어진 경위에
대해서는 분명하지 않으나 사랑하는 사람에 대한 순정한

마음을, 흰색 문주란꽃이 갈래갈래로 나뉘어져 있는 꽃 잎의 특성에 빗대어 비유한 것은 참으로 멋지다. 짧은 단 가 4수로 구성된 이 노래들에서는 연인을 그리는 동서고 금의 이성들의 보편적 정서가 잘 그려져 있어 공감이 간 다. 이들 노래뿐만이 아니고 『만엽집』에 수록된 노래들 대개에서는 자연과 인간의 미와 언어가 일체가 되어 잘 드러나 있다.

『만엽집』은 일본문학의 정수이다.

인간성을 참됨의 진(眞), 선함의 선(善), 아름다움의 미 (美)로 나타낼 때, 일본의 고대 시가집 『만엽집』은 이 셋 중 무엇보다도 진이 잘 드러난 운문문학이라고 하겠다. 일본 문학을 시대사적으로 볼 때, 크게 상대와 중고는 '진'으로, 중세와 근세가 종교적 '선'에 치중되어 있다고 한다면, 근 현대는 '미'를 추구하는 미학적 세계라고 할 수 있다.

진이 고스란히 표현되고 중시된 상대문학의 문예이념 을 '마코토(まこと, 誠, 眞)'라 한다. 감동을 솔직하게 표현 한 소박하고 힘이 강한 세계를 말하는데, 그 말뜻은 이 시대의 천황(제42대 몬무천황⟨文武天皇, 697. 8. 17.⟩)이 신하에게 내린 센묘(宣命)에 '맑고 깨끗하고 바르고 정성스러운 마음(明き淨き直きの誠の心)'이라는 말에서 단적으로 나타나 있다. 정성스러운 성(誠)과 참된 진(眞)으로 표기되는 마코토(まこと)는, 명·정·직으로 달리 말할 수 있을 것이다. 명(明き)이란, 밝음이 드러나는 지성의 세계를 말하고, 정(淨き)이란 맑고 깨끗한 순수감정의 세계이며, 직(直き)이란 곧바르게 표현되는 의지의 세계이다. 인간성으로서의 진실함과 참됨에서 순수한 감정과 밝은 이성, 솔직한 의지가 표출된 것으로, 이러한 것들을 아우른 것이 마코토라 하겠다. 곧 순수한 인간성의 미 일체가 언어로 표현되고 형상화된 것이, 지금부터 알아가고자 하는 『만엽집』의 성격이고 만엽정신이며 만엽양식이라 하겠다.

　일본을 역사적으로는, 죠몽시대·야요이시대·고분시대·아스카시대·나라시대·헤이안시대·가마쿠라시대·남북조시대·무로마치시대·전국시대·아즈치모모야마시대·에도시대·메이지시대·다이쇼시대·쇼와시대·헤세이시대로 나눈다. 문학적으로는, 앞에서도 언급한 바처

통상	역사적 시대분류		시기	수도	특징
	죠몽시대(繩文時代)		B.C. 8000~		
	야요이시대(弥生時代)		B.C. 300~		
상대 (上代)	야마토 시대 (大和時代)	고분시대 (古墳時代)	A.D.250~	야마토 (大和) 정권	538년 불교전래
		아스카시대 (飛鳥時代)	592~	〃 (飛鳥)	592년 스이코(推古)천황 즉위
	나라시대(奈良時代)		710~	〃 (平城京)	710년 천도
중고 (中古)	헤이안시대(平安時代)		794~	교토 (京都)	794년 천도
중세 (中世)	가마쿠라시대(鎌倉時代)		1185~	〃	막부
	무로마치 시대 (室町時代)	남북조시대 (南北朝時代)	1336~1392	〃	〃
		전국시대 (全国時代)	1467~1573	〃	〃
	아즈치모모야마시대 (安土桃山時代)		1573~	〃	〃
근세 (近世)	에도시대(江戸時代)		1603~	〃	에도 막부 (=東京)
근대 (近代)	메이지시대(明治時代)		1868~1912	도쿄 (東京)	1868년 메이지유신
	다이쇼시대(大正時代)		1912~1926	〃	
현대 (現代)	쇼와시대(昭和時代)		1927~1989	〃	1945년 제2차세계대전 종
	헤세이시대(平成時代)		1989~ 현재	〃	

럼 크게 상대시대·중고시대·중세시대·근세시대·근대시대·현대시대의 6시대로 구분한다. 이 중『만엽집(萬葉集)』은 상대시대 문학의 결정체로서, 역사적으로는 고분시대·아스카시대·나라시대에 걸친 인물과 작품에 대한 이야기다.

인물과 작품의 즉 문학이야기라고는 하지만, 실은『만엽집』은 노래집으로서, 문학을 산문(散文)문학, 운문(韻文)문학, 극(劇)문학의 3대 장르로 나누는 통상적 분류에 따르면『만엽집』은 운문문학에 속한다.

『만엽집』은 일본 최고(最古)이자 최고(最高)의 작품으로 일본인들은 자신들의 정신적인 고향의 집합체로서 받들고 있다. 서문과 발문이 없어 서명 및 그 외 제반 사항에 대한 결정적인 단서가 없는『만엽집』은 몇백 년간에 걸쳐 작자, 저작 연대, 편자, 제본, 내용 및 조직 등 실로 다기에 걸쳐 방대한 연구가 있다. 이제부터『만엽집』세계의 대강을 6하 원칙에 의해 설명하고자 한다. 언제·어디서·누가에 해당하는 것을 앞부분으로, 무엇을·어떻게를 본문 내용으로 하며, 왜를 말미에서 언급한다.

2. 『만엽집』의 배경

총 4,500여 수에 달하는 일본의 대표적 시가집 『만엽집』이 생산된 시기는 광의로 4세기부터 8세기에 이르는 약 450년간이다. 이에는 작가연대가 분명하지 않은 구승된 노래도 포함되어 있다. 대체적으로 그 연수를 추측할 수 있는 노래는 제34대 조메이 천황(舒明天皇) 시대인 629년부터 제47대 준닌 천황(淳仁天皇) 시대의 759년까지 약 130년간에 걸쳐 만들어진 노래들이다. 그중에서도 천황의 힘이 결정적으로 집약된 다이카 개신(大化改新)의 645년부터 『만엽집』 마지막 노래가 읊어진 759년까지의 약 115년간을 협의의 만엽시대(萬葉時代)라고 부른다.

이는 제38대 덴지(天智)-제40대 덴무(天武)-제45대 쇼무(聖武) 천황으로 이어지는 강력한 천황의 시기이다. 수도로 말하자면 아스카(飛鳥), 나니와(難波), 오미(近江), 후지와라경(藤原京), 나라(奈良)로, 곧 일본고대국가의 기초가 고정되어 가는 시기이다. 이 시기는, 정치사회사적으로는 일본이 율령국가로 성립되는 시기이다. 율령국가란

당나라 및 백제·신라의 율령을 규범으로 제정된 율령에 따라서 나라를 통치해가는 것을 말한다. 즉 왕이 법전에 의거, 절대적인 권력으로 지배하는 국가라는 의미다. 이렇게 국가기운이 무르익는 상승적 시기에 읊어진 만엽 노래에는 이 시대 사람들의 생생한 서정과 다채로운 생활상 등 고대인의 숨결이 고스란히 배어 있다.

3.『만엽집』의 서명

『만엽집』의 일본음은 상대음으로 '만뇨슈', 중고음으로 '마니에후시후', 현대에는 '만요슈'라고 읽는다. 그 서명의 유래에 대해서는 고래 여러 설이 제창되고 있으나 크게 두 가지 설로 집약된다. 첫째는 잎사귀 엽(葉)을 시가(詩歌)로 해석하여, '많은 시가를 모은 책'이라는 의미이고, 둘째는 '엽'을 '대(代)', '세(丗)'의 의미로서 '만세에까지 영원히 전해져야만 할 가집'이라는 뜻이다. 오늘날의 일반적인 이해는 후자이다.

4. 『만엽집』의 노래 수와 그 종류

우리나라 신라시대에 남겨진 25수의 향가처럼 그 비슷한 시기에 읊어진 일본고대의 시가집 『만엽집』은 전 20권으로 되어 있다. 실제로는 두루마리 체재이나 편의상 권이라고 부른다. 전체 노래 수는 4,500여 수이고 그 외 한시문(漢詩文)이 몇 편 있다. 후시대 사본(寫本)의 이전(異傳)으로 인해 정확한 노래 숫자에 대해서는 의견이 분분하다. 메이지시대(明治時代, 1868~1912) 학자들에 의해 『신편국가대관(新編國歌大觀)』이 간행되었다. 이에 노래마다 번호를 붙였는데, 이때 매겨진 번호가 4,516수이다. 오늘날은 이 번호가 노래의 번호로서 널리 쓰인다.

시가문학 『만엽집』 표현의 특징은 무엇보다도 5·7음을 중심으로 한 음수율에 있다. 자음과 모음의 조합으로 성립하는 단순한 말이 음수율을 타고 단어 자체의 의미를 가지며 더 나아가 정서를 끌어내는 역할도 한다. 이러한 음수율이 생성되고 완성하며 전개되는 과정이 『만엽집』 노래들 속에는 잘 드러나 있다. 노래의 가체로서는, 5·7·5·7·7의 음수율 5구 31문자로 이뤄진 단가(약 4,200수), 장가(약 260수), 선두가(旋頭歌, 약 62수), 불족석가(仏足石歌, 1수), 렌가(連歌, 1수)를 포함한다. 노래는 내용상으로 공적 성질을 가진 궁정 관계의 노래 및 수행·자연·사계를 읊은 잡가(雜歌), 남녀의 연정을 주로 읊은 상문가(相聞歌), 나아가 죽은 이나 병상에 있는 자를 애도하거나 애상하는 만가(挽歌)의 세 종류로 나누고 있다. 표현 양식상으로는 사랑의 감정을 자연에 빗대어 표현한 기물진사(寄物陳思), 감정을 직접적으로 표현한 정술심서(正述心緒), 계절의 풍물을 읊는 영물가(詠物歌), 자신의 생각을 사물에 비유한 비유가(譬喩歌) 등으로 나누고 있다.

〈 고대의 가체 〉

부정형	형식이 일정하지 않은 가장 오래된 것
가타우타(片歌)	5·7·7
선두가(旋頭歌)	5·7·7·5·7·7
장가(長歌)	5·7·5·7· · · · · · · · · ·5·7·7
단가(短歌)	5·7·5·7·7
불족석가(仏足石歌)	5·7·5·7·7·7

1) 장가(長歌)

가키노모토노아소미 히토마로가 이와미지방에서 처와 헤어지고 상경할 때의 노래 2수(柿本朝臣人麻呂従石見國別妻上來時歌二首 并短歌)

> **5** 이와미 바다의 츠노만에 해변이 없다고 남들은 보겠고 갯벌이 없다고 남들은 보겠지만, 설령 좋은 해변이 없다 해도 가령 좋은 갯벌이 (일설에, 물가는) 없다 해도, 고래 잡는 해변을 향해 니키타의 거친 바위 부근에서 파란 수초와 해조를, 아침에 이는 바람이 기울어지게 하고 저녁에 이는 넘실거리는 파도가 밀려들게 한다. 이 파도가 이는 대로 이쪽으로 쏠리고 저쪽으로 쏠리는 해조처럼 내게 기대어 잔 아내를 (일설에, 사랑스러운 아내의 소매를) 이슬과 서리처럼 뒤에 남겨두고 오며 길의 굽이굽이마다에서 몇만 번이고 뒤돌아보지만, 점점 마을은 멀어져만 간다. 게다가 높은 산도 넘어왔다. 지금쯤은 생각에 지쳐 여름풀처럼 풀이 죽어 생각에 빠져 있을 그 아내의 집을 보려 하니, 산이여, 엎드려라.
>
> (2 · 131)
>
> 石見の海 角の浦廻を 浦なしと 人こそ見らめ 潟なしと (一に云

ふ、礒なしと）人こそ見らめ よしゑやし 浦は無くとも よしゑ

やし 潟は(一に云ふ、礒は)無くとも 鯨魚取り 海邊をさして 和

多津の 荒礒の上に か青なる 玉藻沖つ藻 朝はふる 風こそ寄せ

め 夕はふる 波こそ來寄れ 波のむた か寄りかく寄る 玉藻なす

寄り寝し妹を (一に云ふ、はしきよし 妹がたもとを) 露霜の 置き

てし來れば この道の 八十隈ごとに 万たび かえりみすれど い

や遠に 里はさかりぬ いや高に 山も越え來ぬ 夏草の 思ひしな

えて 偲ふらむ 妹が門見む なびけこの山

반가 2수(反歌二首)

6 이와미의 다카츠노산 나무 사이로 내가 흔드는 소맷

자락을 그대는 봤을 것인가? (2 · 132)

石見のや高角山の木の間より わが振る袖を妹見つらむか

7 조릿대 잎은 산에서 바람에 사각사각 흔들리고 있지

만 나는 오로지 그대만을 생각하고 있다. 이별하고

오니….(2 · 133)

小竹の葉はみ山もさやにさやげども われは妹思ふ 別れ來ぬ

れば

어느 책의 반가에 말하길(或本反歌曰)

8 이와미지방의 다카츠노산 나무 새로 내가 소매 흔드
는 걸 그대는 봤을까? (2 · 134)

石見なる高角山の木の間ゆも わが袖振を妹見けむかも

9 이와미바다 카라 곶의 바다암초 깊은 곳에 청각채가
나 있고 거친 바위에는 해조가 자라고 있다. 해조처럼
나부끼며 잤던 아내를 깊은 곳 청각채처럼 깊이 생각
하나 함께했던 밤은 얼마 되지도 못했는데 담쟁이덩굴
이 여기저기 흩어지듯 헤어져버리고 오니 마음이 아프
다. 이를 생각하며 뒤돌아보니 와타리산 단풍잎이 흩
어져 떨어지는 사이로 아내가 흔드는 소매도 선명히
안 보이고, 야카미산 (일설에, 무로카미산) 구름 사이를
건너는 달처럼 가려져서 애석하게도 보이지 않을 때,
마침 석양이 비춰 오니 사내대장부인 내 옷소매가 눈
물로 젖어버린다. (2 · 135)

つのさはふ 石見の海の 言さへく 辛の崎なる 海石にぞ 深海松

生ふる 荒礒にぞ 玉藻は生ふる 玉藻なす なびき寝し子を 深海

松の 深めて思へど さ寝し夜は いくだもあらず はふ蔓の 別れ

し來れば 肝向ふ 心を痛み 思ひつつ かへりみすれど 大舟の 渡の山の 黄葉の 散りのまがひに 妹が袖 さやにも見えず 妻ごもる 屋上の (一に云ふ、室上山) 山の 雲間より 渡らふ月の 惜しけども 隠らひ來れば 天つたふ 入日さしぬれ ますらをと 思へるわれも しきたへの 衣の袖は 通りて濡れぬ

반가 2수(反歌二首)

10 푸른빛 말이 빠르다 보니 아득히 먼 그녀 집 부근을 지나쳐 오고 말았다(일설에, 저 사람 집 주변은 보이지 않게 되었다). (2 · 136)

青駒の足掻を速み 雲居にぞ妹があたりを過ぎて來にける(一に云ふ、あたりは隠り來にける)

11 가을산에 떨어지는 단풍잎이여, 잠시만 떨어지지 말아다오. 아내가 있는 곳을 보고 싶으니(일설에, 떨어지지 말아다오). (2 · 137)

秋山に落つる黄葉 しましくはな散りまがひそ 妹があたり見む(一に云ふ、散りなまがひそ)

12 이와미 바다의 츠노만에 해변이 없다고 남들은 보고 갯벌이 없다고 남들은 보겠지만, 설령 좋은 해변이 없다 해도 가령 좋은 갯벌이 없다 해도, 고래 잡는 바닷가를 향해 니키타 갑의 거친 바위 부근에서는 파란 수초와 해조로 아침에는 파도가 밀려오고 저녁에는 바람이 밀려온다. 이 파도가 물결치는 대로 이쪽으로 쏠리고 저쪽으로 쏠리던 해조처럼 내게 다가와서 잔 사랑스러운 아내의 소매를 이슬과 서리처럼 뒤에 남겨두고 와서는 이 길의 굽이굽이마다에서 몇만 번이고 뒤돌아보지만, 점점 마을은 멀어져만 가고 더군다나 높은 산도 넘어왔다. 사랑스러운 내 아내가 여름풀처럼 시들어서 한탄할 것이니 그 츠노 마을을 봐야겠다. 엎드려라, 산이여. (2·138)

石見の海 津の浦を無み 浦無しと 人こそ見らめ 潟無しと 人こそ見らめ よしゑやし 浦は無くとも よしゑやし 潟は無くとも 勇魚取り 海邊をさして 柔田津の 荒礒の上に か青なる 玉藻沖つ藻 明け來れば 波こそ來寄れ 夕されば 風こそ來寄れ 波のむた か寄りかく寄る 玉藻なす なびきわが寝し しきたへの 妹

が手本を 露霜の 置きてし來れば この道の 八十隈ごとに 万た

び かへりみすれど いや遠に 里さかり來ぬ いや高に 山も超え

來ぬ はしきやし わが妻のこが 夏草の 思ひしなえて 嘆くらむ

角の里見む なびけこの山

반가 1수(反歌一首)

13 이와미의 우츠타산 나무 사이로 내가 흔드는 소매
를 아내는 보았을까? (2 · 139)

石見の海打歌の山の木の間より わが振る袖を妹見つらむか

위는 가체가 같다고 해도 구와 구가 서로 바뀌어 있다. 그
래서 여기에 겹쳐서 싣는다.

해석과 감상

위 긴 노래는 장가를 완성시켰다고 하는 가키노모토노
히토마로의 대표적 장가의 하나인 '아내와 헤어져오며 부
른' 장가체의 일련의 노래들이다. 길지만, '장가와 반가'
또는 '장가와 단가' 형태 및 같은 제목 「어느 책」의 장단가

가 덧붙여 있고 만엽집의 체제도 볼 수 있어 실었다. 앞 도표에서처럼 장가란, 기본 5·7·5·7·7의 5구 이상으로 된 노래로, 10여 구에서부터 149구에 이르는 것까지 다양하다. 형식은 5·7·5·7음을 쭉 이어 몇 번 나열하다가, 제일 끝에 7을 덧붙여 5·7·7로 끝나는 노래다. 장가는 단독으로 불리는 것도 있고, 장가 뒤에 몇 수의 단가가 덧붙는 것도 있다. 이를 반가(反歌)라고 한다. 위 노래에서의 장가에는 반가 2수와 '혹은 어느 책'의 장가에 반가 1수가 덧붙여져 있다. 기키가요(紀記歌謠: 『고사기』와 『일본서기』에 있는 노래를 『고사기』의 記와 『일본서기』의 紀를 따서 부르는 용어)로부터 초기만엽에까지 나타난 장가는 노래 구수(句數)도 적고, 반가가 붙은 체제가 아니었다.

장가는 의례가로서의 성격이 강하다. 궁정가인이라 할 수 있는 가키노모토노 히토마로는 위의 노래에서처럼 같이 잔 아내를 수려한 문구로 형용하고는 '엎드려라'라고 거대한 산에게 명령하는 기개의 장가에 반가를 곁들여 장가를 완성시킨다. 이후, 의례가로서의 장가는 쇠퇴한다. 후기, 야마노우에노 오쿠라나 다카하시노 무시마로들도

독자적인 분야를 열지만,『고금집』이후에는 불리지 않게
된다.

2) 단가(短歌)

> **14** 마름모꼴 하늘을 가는, 달을 그물로 잡아 나의 대왕
> 님은 우산으로 하셨다. (3·240)
> ひさかたの天ゆく月を網に刺し わが大王は蓋にせり

원래 이 노래는 장가에 수반된 반가이나 음수율로만 보
면 단가이다. 단가란, 5·7·5·7·7의 31음을 기본으로 완
성되는 노래를 말한다. 기키가요 무렵부터 이미 가체로
서 성립하고 있었고 장가가 점점 쇠퇴해 간 것과는 반대
로 단가는 서정가의 형식으로서 발전, 와카라고 하면 단
연 이 단가를 지칭하며 현대에까지 이른다.

3) 선두가(旋頭歌)

> **15** 아름답다고 생각하는 그녀가 빨리 죽었으면 좋겠네.

살아 있어도 내쪽으로 온다고 사람들이 말하지 않으
니…. (11·2355)
うつくしと 吾が思ふ妹は 早も死なぬか 生けりとも 吾に寄る
べしと 人の言はなくに

선두가는 5·7·7·5·7·7의 38자로 형성된 형식의 노
래이다. 위 노래는 6구째가 지아마리(字あまり: 기본 7음보
다 더 글자수가 많은 것)이지만, 본래는 ① 5·7·7의 3구를
다시 덧붙이는 것에서 붙여진 명칭이라는 설, ② 우타가
키(歌垣)에서의 가타우타(片歌 5·7·7) 문답이 원래의 형이
라는 설, ③ 단가와의 공통 모체인 사구체(四句体) 가요에
서 유래했다는 설 등으로, 구승 가요에서 유래한다는 설
과 구승 가요의 내용과 형식을 기재레벨에서 재파악하면
서 성립했다는 설이 있다. 선두가는 『만엽집』에 62수 있
지만, 나라시대 이후 급속하게 쇠퇴한다. 그중 35수가 히
토마로가집에 수록되어 있다.

4) 불족석가(佛足石歌)

5·7·5·7·7·7의 38자 형식을 취한 노래를 말한다. 나라(奈良) 야쿠시지(藥師寺)에 전해지는 비석에 새겨진 부처님 업적을 기리는 노래 21수의 가체이다. 『고사기』, 『만엽집』, 『하리마풍토기(播磨國風土記)』에 한 수씩 남아 있다. 원래는 단가의 제5구를 반복한 노래방식이 변화한 것이다.

5) 렌가(連歌)

여승이 윗 구를 만들고 오토모노 야카모치가 여승에게 부탁받아 아래 구를 이어서 창화한 노래 1수(尼、頭句を作り、大伴宿祢家持、尼に誂へらえて末句を續ぎて和する歌一首)

이처럼 렌가란, 단가의 윗 구와 밑 구를 다른 사람이 읊는 노래이다. 보통 이 노래를 야카모치의 구혼가(求婚歌)로 추정하고 있으나, 제목과 노래 내용으로 보아서는 의심스럽다. 『만엽집』중에 위 1수가 있고, 이는 문헌 중 기록된 최초의 렌가이다. 렌가형식은 중세시대 문학의 대표 장르이다.

5. 『만엽집』의 편찬과 성립연대

『만엽집』이 하나의 가집으로 누구에 의해서 정리되고 언제 만들어졌는지 그 시기와 편찬자에 대해서는 여러 설이 있다. 20권 전권이 동시에 선정된 것은 아니다. 편찬

시기로는, 대개 40대 몬무 천황(文武天皇) 말엽인 7세기 후반부터 49대 고닌 천황(光仁天皇) 시대인 8세기 후반에 걸쳐 오랜 시일을 두고 행해졌다는 견해가 유력하다.

편찬자로는 천황의 명령에 의한다는 칙찬설(勅撰說), 다치바나노 모로에설(橘諸兄說), 오토모노 야카모치설(大伴家持說) 등이 있다. 크게 첫 번째 편찬은 1, 2권 중심에 16권까지가 부가되었고, 두 번째 편찬은 이에다 야카모치의 노래 일기적 체재의 17권 이하의 네 권이 더해진 형태라고 본다. 그러나 이후, 현존 형태와 같이 마지막으로 정리된 것에는 야카모치의 손을 거친 것으로 추정하고 있다. 순서는, 대략

   1차: ① 권1의 전반 부분(1~53番歌),

          ② 권1의 후반 부분 + 권2 증보,

          ③ 권3~권15 + 권16의 일부 증보,

   2차: ④ 권17 이하의 잔권 증보

순으로 성립되었다고 보고 있다.

『만엽집』에 수록된 노래 중 시대를 알 수 있는 가장 오래된 노래는, 4세기 초두의 '제16대 닌토쿠 천황(仁德) 왕후의 노래라고 전해지는 것(85~89)'이다. 가장 새로운 노래는 '야카모치의 759년 노래(4516)'다. 대표적 작가로는, 제1기 누카타노 오키미(額田王), 제2기 가키노모토노 히토마로(柿本人麻呂), 제3기 다케치노 구로히토(高市黑人), 야마베노 아카히토(山部赤人), 야마노우에노 오쿠라(山上憶良), 다카하시노 무시마로(高橋虫麻呂), 오토모노 다비토(大伴旅人), 제4기 오토모노 야카모치 등이다. 작자층은 천황, 황족, 귀족, 관리, 사키모리(防人), 유녀, 거지 등 상하 각층에 미치고 있고 동쪽 지방의 민요라고도 할 수 있는 아즈마 노래(東歌)도 있다. 지역은 야마토(大和)를 중심으로 하여 동쪽 지방으로부터 규슈지방으로까지 널리 분포하고 있는 것이 큰 특징으로, 자료로서도 귀중하다.

가풍은 화려한 기교를 사용하지 않고 대체적으로 솔직한 인간성이 풍요롭게 그려져 있으면서 격조 높은 노래가 많다. 이러한 『만엽집』 노래를 남성풍 '마스라오부리(ますらをぶり)'라고 한다. 이는 근세학자 가모노 마부치(賀茂眞

淵)가 제창한 상대 문학이념의 하나로『만엽집』의 꾸밈이 없고 소박한 '대장부스러움'을 뜻한다. 중고시대의『고금집』이 기교적이며 우아하고 여성스러운 다오야메부리(たをやめぶり) 가풍인 것과 대조를 이룬다.

이제『만엽집』에 수록된 4,516수의 노래 중 대표 작가와 21세기 현대 '일본인이 사랑하는『만엽집』노래 10수' 및 이와 관련된 노래들을 중심으로 그 해석과 감상에 들어가기로 한다.

제2장
만엽집의 작가와 작품

『만엽집』에 수록된 4,516수의 노래들은 만들어진 시기에 따라 다음 5기로 나눈다.

1. 전승기(傳承期)
제16대 닌토쿠조(仁德朝)~제33대 스이코조(推古朝)

이와노히메 왕후(磐姬皇后)·가루 황태자(輕太子)·가루노 오이라츠메(輕太郎女)·유라쿠 천황(雄略天皇)·쇼토쿠 태자(聖德太子) 등이 이 시기의 작자이다. 『고사기』하권(16대 닌토쿠〈仁德〉~33대 스이코〈推古〉)과 겹치는 시대로, 이

만엽가인의 활약

연도
천황
구분
630
조메이(舒明)
640
고교쿠(皇極)
650
고토(孝德)
660
사이메이(斉明)
덴지(天智)
670
고분(弘文)
680
덴무(天武)
690
지토(持統)
700
몬무(文武)
710
겐메이(元明)
720
겐쇼(元正)
730
쇼무(聖武)
740
750
고켄(孝謙)
760
쥰닌(淳仁)
쇼토쿠(称徳)
770
고닌(光仁)
780
790
간무(桓武)
800
제1기
제2기
제3기
제4기
누카타노 오키미
(額田王, 634?~690?)
가키노모토노 히토마로
(柿本人麻呂, ?~?)
작가활동시기
(680~701)
야마노우에노 오쿠라
(山上 憶良, 660?~733?)
가사노 카나무라
(笠金村, ?~?)
작가활동시기
(715~733)
오토모노 타비토
(大伴旅人, 665~731)
오토모노 야카모치
(大伴 家持, 718?~785)
야마베노 아카히토
(山部赤人, ?~?)
작가활동시기
(724~736)
『루이쥬가린
(類聚歌林)』
(721~726경)
만엽집
마지막 노래
(759)
다카하시노 무시마로
(高橋 虫麻呂, ?~?)
작가활동시기(732)
다이카(大化)개신(645)
백촌강전투(663)
임신란(壬申乱)(672)
후지와라쿄(藤原京)로 천도(694)
다이호(大宝) 율령 제정(701)
헤이조쿄(平城京)로 천도(710)
나가야노 오키미의 변(729)
천연두 유행(735)
후지와라4형제 죽음(737)
대불개안 공양(752)
다치바나노 나카마로의 난 (757)
에미노 오시카쓰의 난(764)
도쿄(道鏡)사건(765)
도쿄, 법왕(法王)이 되다(766)
후지와라 다네쓰구 암살(785)
헤이안쿄(平安京)로 천도(794)

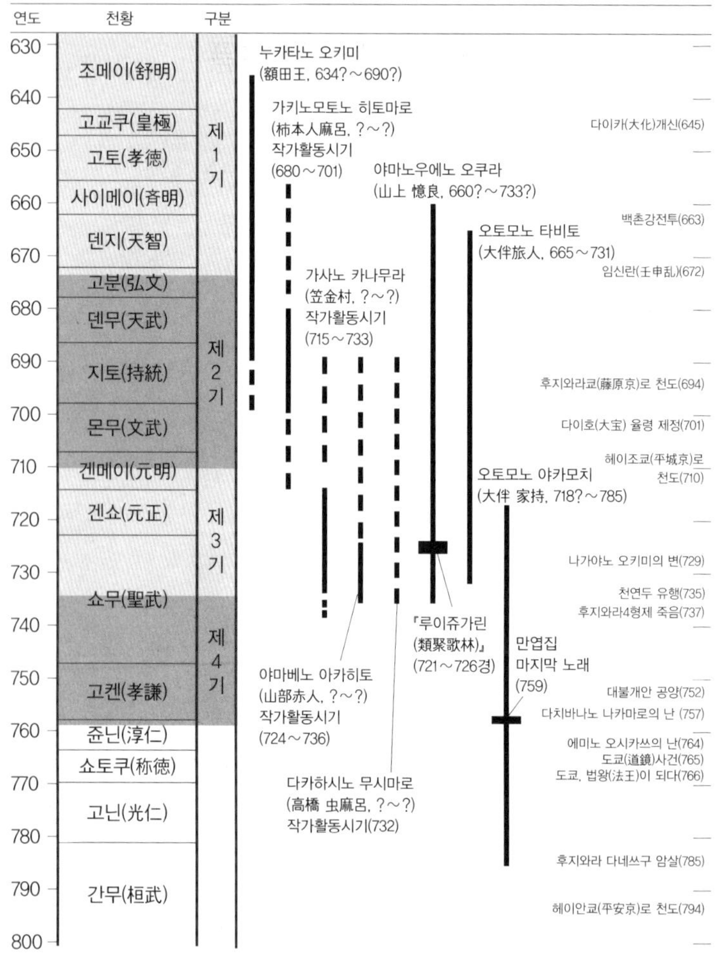

들 어느 것도 전승가이다. 작가명이 있지만 실제의 작가명이라고 하기보다는 그들의 역사적 존재에 의의를 부여하기 위해 노래에 덧붙여진 것들이다. 만엽 시대를 연 선조들의 영혼을 진혼하고 당대의 번영을 축복하는 의미에서 대개 권 앞부분에 배치되어 있다.

하츠세노아사쿠라궁에서 천하를 다스린 천황대 오하츠세와카타케노스메라미코토(泊瀬朝倉宮に天の下知らしめしし天皇の代 大泊瀬稚武天皇)

천황의 노래(天皇の御製歌)

18 바구니 그도 좋은 바구니를 가지며 괭이 그도 좋은 괭이를 가지고 이 언덕에서 나물을 캐는 아가씨여, 그대의 집이 어딘지 묻고 싶네. 말해주게나. 하늘로 치솟는 야마토를 나야말로 모두를 따르게 하여 다스리고 있으니 나에게는 가르쳐 주겠지. 그대의 집도 이름도.

(1·1)

籠もよ み籠持ち 掘串もよ み掘串持ち この岳に 菜摘ます子 家告らせ 名告らさね そらみつ 大和の國は おしなべて われこそ居れ しきなべて われこそ座せ われこそは 告らめ 家をも 名をも

하츠세노아사쿠라궁은 제21대 유라쿠 천황의 황거로, 지금의 나라현(奈良縣) 사쿠라이시(櫻井市) 아사쿠라(朝倉)·와키모토(脇本) 주변을 말한다. 오하츠세와카타케노스메라미코토는 유라쿠 천황의 일본풍시호로, 이 천황 무렵 야마토조정이라는 권력구조가 성립되었다고 본다. 478년 송에게 상표한 왜왕무(倭王武)란 이 천황일 거라고 대개는 보고 있다. 기키에는 이 천황에 대한 기사와 관계 가요가 많다. 위 노래는 『만엽집』 제1권의 권두뿐만이 아니라 4,516수의 맨 처음에 놓인 노래로 그 의의가 크다. 5세기 후반의 영웅적 군주인 유라쿠 천황에 대한 위대함을 칭송하기 위한 의도였을 것이다. 노래는 초봄 들판에 나가 어린 풀을 뜯어 먹는다는 내용으로 이런 행사는 풍속으로도 있었다. 이러한 때 부른 노래이나 풀을 뜯는 처녀에 대한 구혼가(求婚歌)로도 풀이되고 있다. 남자의 질문에 집이나 이름을 알려주는 것은 그 남자의 사랑을 받아들인다는 의미이기 때문이다.

나니와 다카츠궁에서 천하를 다스리신 천황 대 오사자키노스
메라미코토, 시호 닌토쿠 천황이라 한다.(難波高津宮に天の下知ら
ししめしし天皇の代 大鷦鷯天皇、謚を仁德天皇といふ)

이와노히메 왕후, 천황을 그리워하며 만든 노래 4수(磐姬皇后、天
皇を思ほして作りませる歌四首)

19 님이 가신 지 꽤 오래 되었네. 산으로 마중을 갈까?
그렇지 않으면 에서 애타게 그리워만 하고 있을까?
(2·85)
君が行 日長くなりぬ 山たづね迎へか行かむ 待ちにか待たむ

위 노래 한 수는 야마노우에노 오쿠라노오미의 루이쥬가
린에 실려 있다.

20 이리 그리워하며 애태워만 하지 말고 높은 산 바위
를 베개로 하여 죽어버릴까? (2·86)
かくばかり戀ひつつあらずは 高山の岩根し枕きて死なまし
ものを

21 언제까지나 당신을 기다리자. 길게 나부끼는 내 검은 머리에 밤이슬이 놓일 때까지. (2·87)

ありつつも君をば待たむ うちなびくわが黑髮に 霜の置くまでに

22 가을밭 이삭 위로 서려 있는 아침이슬처럼 어느 쪽으론가 흘러가 내 사랑은 멈출 것인가. (2·88)

秋の田の穗の上に霧らふ朝霞 いつへの方にわが戀ひやまむ

어느 책 노래 왈(或る本の歌に日はく)

23 밤새 당신을 기다리자. 내 검은 머리에 서리가 내려도…. (2·89)

居明かして君をば待たむ ぬばたまのわが黑髮に 霜はふるとも

해석과 감상

닌토쿠 천황은 일본 제16대 천황으로, 재위는 313~399년이라고도, 393~427년이라고도 하여 일본역사 연대 추정의 정위(正位)와 관련하여 논의가 많다. 대개 후자 쪽이 타당하다고 말해지고 있다. 이름은 오사자키노미코토(大雀命·大鷦鷯尊,『고사기』) 혹은 성제(聖帝:『일본서기』), 나니와 천황(難波天皇:『만엽집』)으로 불린다. 천황의 능은 일본 최대의 전방후원분으로, 오사카(大阪) 사카이시(堺市)에 있다.

이와노히메 왕후(磐之媛命: ?~347)는, 이른바 고분시대의 왕비로, 가츠라키노 소츠히코(葛城襲津彦)의 딸이다. 닌토쿠 천황의 왕후로, 제17대 리츄 천황(履中天皇)·스미요시나카 왕자(住吉仲皇子)·18대 한제이 천황(反正天皇)·19대 인교 천황(允恭天皇)의 어머니이며 닌토쿠 천황 2년(314 또는 394)에 왕후가 된다. 질투심이 많았다고 한다. 342년(422), 그녀가 구마노(熊野)로 나갔을 때를 틈타 남편은 야타 공주(八田皇女: 뒤에 왕후가 됨)를 궁중에 들여왔다. 이를 듣고 격노하여 곧바로 야마시로(山城)의 츠츠시로궁(筒城宮: 현재의 교토부 교타나베시)으로 간 후, 죽을 때까지 이곳에서 나오지 않았다고 한다. 위 노래는 이곳에서 부른 노래이다.

고사기왈, 가루 황태자와 가루노 오이라츠메가 간통하여 태자를 이요온천으로 유배시켰다. 이때, 소토호시노 오키미(衣通郎女: 가루노 오이라츠메)가 그리움을 견디다 못해 뒤를 쫓아가다 부른 노래다.

(古事記に日はく、輕太子、輕太郎女に 故其太子流於伊予湯也 此時衣通王不堪戀慕而追往時歌日)

위 한 수의 노래는, 고사기와 루이쥬가린에서는 내용도 작자도 상이하다. 그래서 일본기를 보니, '닌토쿠 천황 22년 정월, 천황은 왕후와 상담해서 야타 공주를 비로 하려고 하였으나 왕후는 허락하지 않았다. 그래서 천황은 노래를 읊어 왕후에게 청하게 되었다. 운운 … 30년 9월 11일, 왕후는 기지방으로 여행하여 구마노갑까지 가서 떡갈나무를 뜯어 돌아왔다. 이때 천황은 왕후의 부재를 틈타 야타 공주를 궁중으로 들였다. 나니와 나루터에서 이를 들은 왕후는 매우 원망하였다. 운운 … 이라고 되어 있다. 또 말하길, 인교천황 23년 봄 3월, 기나시노가루 왕자를 황태자로 하였다. 용자가 뛰어나 보는 자들 모두의 마음을 사로잡았다. 같은 어머니의 여동생 가루노이라츠메도 또 미인이었다. 운운 … 마침내 두 사람은 몰래 통하여 마음의 회한을 조금이나마 풀었다. 24년 6월, 천황이 드실 국이 딱딱하게 얼어 있었다. 천황은 이상히 여겨서 그 이유를 점치게 하였다. 점쟁이가 말하는 바로는, 극히 가까운 곳에 어지러움이 있다. 아마도 근친상간이 아닌가. 운운 … 라고 했다. 이에 공주를 이요로 보냈다고 한다. 이 닌토쿠·인교 두 시대를 조사해 봐도 이 노래는 보이지 않는다.

해석과 감상

좌주에 이와노히메 왕후와 가루 황태자에 대한 그 경위가 상세하게 설명되어 있다. 왕후의 노래와 가루노오이라츠메의 노래가 비슷한 것이 위 노래들이 전승되어 온 것임을 드러내 주는 대목이다. 나아가 이 노래는 일본 고대의 근친상간을 이야기한 것으로도 유명하다. 이 당시에는 같은 아버지의 배다른 형제끼리의 결혼은 근친상간 관계가 아니었으나, 같은 어머니의 형제라면, 그에 해당되는 것으로 위 경우가 그렇다. 일본 신화는 첫 모두에서, 이자나기와 이자나미의 형제신이 근친상간하여 장애인 히루코 및 기타 일본 국토생성 이야기로 전개하고 있다. 근친상간이란, 일본문학 및 문화의 주제어의 하나이다.

2. 제1기(開花期)
제34대 조메이조(舒明朝)〜임신란(壬申亂)

34대 조메이 천황 즉위(629)로부터 임신란(壬申亂, 672)까지의 40여 년간이다. 임신란이란 고대에 있어 매우 커다란 역사적 사건이었다. 38대 덴지 천황 붕어 후, 40대 덴무 천황이 오아마 왕자 시절, 조카 39대 고분 천황(弘文天皇, 덴지의 적손)과 싸워 이긴 난을 말한다. 그 후 덴무 천황은 형인 덴지 천황의 수도인 오미에서 다시 야마토(大和)

로 천도하고 673년 즉위하여, 제정을 개혁하고 왕실의 권위를 확립시킨다. 이 임신란은 고대일본의 융성기를 구축하는 계기가 된다. 위 제1기의 시대 배경에 등장하는 인물들은『만엽집』노래 및 역사의 핵심적 주체라서 노래와 이 시대의 세계를 이해하는 데 주요한 인물들이다.

이 시기는, 집단적 가요에서 점차로 개인의 자각에 의한 서정시로서의 와카가 5·7음에 의한 노래의 정형으로 확립되는 만엽가의 발생기이다. 정감이 넘치며 소박하면서도 강한 힘이 느껴지는 가풍으로 노래 수는 약 50수이다. 주로 권 1, 2에 수록되어 있으며, 내용으로서는 황실 행사와 사건에 밀착한 노래가 많다. 대표적 가인으로서는, 이 시기의 가장 두드러진 인물로 645년 다이카개신을 일으켜서 친황권을 확립시킨 덴지 천황과 그 동생인 덴무 천황 및 이 시대의 두 영웅의 사랑을 동시에 받은 누카타노 오키미를 들 수 있다. 그 외 덴지 천황과 덴무 천황의 아버지인 제34대 조메이 천황, 덴지의 이복동생 아리마노 미코(有間皇子), 덴지 천황의 심복 후지와라노 가마타리(藤原鎌足)와 그 부인이면서 누카타노 오키미의 언니라는 설도 있는 가가미노 오키미(鏡王女) 등을 들 수 있다. 대개 황족과 그 주변 사람들이 집중되며 제각각 노래들을 남기고 있다. 그리고 이들이 덴지와 덴무 천황의 어머니인 제37대 사이메이 천황 7년(661) 1월 6일, 백제구원을 위해 규슈로 서행하는 데 모두 동행하고 있다. 이러한 역사적 기록에 의거, 동일 인물인 35대 교교쿠 천황과 37대 사이메이 천황을 백제 의자왕의 딸이라고 추정하는 설도 있다.

여류가인의 효시 누카타노 오키미(額田王, 630?~690?)

누카타노 오키미는 『만엽집』 제1기의 대표 가인으로 생몰년은 미상이다. 오미지방(近江國, 현 시가현) 야스군(野洲郡) 가가미리(鏡里)를 본거지로 하는 가가미노 오키미(鏡王)의 딸이다. 가가미노 오키미는 출자가 미상인 관계로 그 인물추정에 여러 설이 있다. 유력한 것으로는 '덴무 천황 왕후비의 기술순서로 추정하여 그는 백제왕족이다'라는 설이다(土橋寬、青木和夫). 대략 16세경 오아마 왕자(大海人皇子, 뒤의 40대 덴무 천황, 재위 673~686)의 아내

로서 도치 공주(十市皇女)를 낳지만, 뒤에는 형인 나카노
오에 왕자(中大兄皇子, 후의 38대 덴지 천황)의 총애를 받는
다. 그녀로 인한 두 형제의 불화가 임신란이라는 일설도
있다. 고급무녀 혹은 궁정가인의 지위에 있었으나 정확히
는 모른다.

  『만엽집』에는 장가 3수, 단가 10수, 모두 12수의 노래
가 있다. 이 중 4수에 대해서는, 권 제1의 좌주에 보이는
『루이쥬가린(類聚歌林)』기록에 의해서 천황 또는 그에 준
하는 존귀자의 노래라고 하고 있으나, 실은 누카타노 오
키미가 좌주에 기록된 존귀자의 명을 받아 제작 또는 대
작하였다는 것이 일반적인 정설이다. 누가타노 오키미는
처음 35대 코교쿠 상황(皇極上皇: 이때는 동생 36대 코도쿠
⟨孝德⟩ 천황에게 양위하고 상황으로 있었으나, 뒤에 다시 중조
하여 37대 사이메이⟨齊明⟩ 천황이 된다)에게 출사하여 상황
을 대신해서 개인적으로 노래를 불렀다. 또 사이메이 천
황(덴지와 덴무의 어머니) 및 황태자 나카노오에 왕자(뒤의
덴지 천황)에게 출사하여 공적으로, '니키타츠노래(熟田津
詠, 8)', '오미천도(近江遷都) 시의 노래' 등의 주가(呪歌)를

읊고, 오미조의 한시문 성행 때에는, '춘추경연가(春秋競憐歌, 16)', '오미 천황을 그리는 노래(思近江天皇作歌)' 등 한학과 관계 깊은 문아연(文雅宴)의 영가, 나아가 '가모들판(蒲生) 수렵시의 증답가' 등의 연가를 읊고 있다. 만년에는 지토의 요시노행차에 동행하였던 것 같고 이때 부른 유게(弓削) 왕자와의 증답가는 누카타노 오키미의 육성을 유일하게 전한다. 대체적으로 그 가풍은 정열적이고 힘차며 화려하다.

일본 시가문학의 문을 연 재녀 누카타노 오키미는 그 출자, 오미궁정에서의 지위, 작자에 관한 이전과 대작의 문제, 이와 밀접히 관련된 노래의 서정 등이 연구의 초점이 되고 있다.

누카타노 오키미노래(額田王の歌)

> **25** 출항하려고 니키타츠에서 달을 기다리고 있자니 달도 조수도 마치 좋은 때가 되었네. 자, 이제 출발하자. (1·8)
>
> 熟田津に船乗せむと月待てば 潮もかなひむ 今は漕ぎ出でな

위, 야마노우에노 오쿠라대부의 루이쥬가린에서 말하길, 조메이 천황 원년, 9년 12월 14일에 천황·왕후 이요온천의 별궁에 행차하셨다. 뒤에 왕후가 즉위하여 사이메이 천황 7년 1월 6일에 배가 서쪽(규슈)으로 향하는 도중, 14일 배가 이요 니키타츠의 이와유(도고온천〈道後溫泉〉) 별궁에 정박하였다. 천황이 옛 풍물을 보시고 그립다고 생각하시어 만드신 노래라고 한다. 즉 이는 사이메이 천황의 노래로, 누카타노 오키미의 노래는 별도로 4수 있다.

해석과 감상

661년 1월 6일, 백제구원의 군선은, 사이메이 천황 … 황태자 … 제왕자 … 누카타노 오키미를 태우고, 나오츠(娜大津, 현 하카타항)를 항해서 니니와즈(難波津)로 출항, 14일에 이요지방(伊予國, 에히메현) 아츠타(熱田津) 이와유(石湯) 임시궁(현 도고온천 근방)에 정박했다. 그다음 날인 15일 밤, 누카타노 오키미는 위 노래를 만든다.

니키타츠(熟田津)는 에히메현(愛媛縣) 마츠야마시(松山市)의 도고온천 가까이에 있던 선착장이다. 종래, 이 한 수를 달이 훤히 비치는 밤바다에서의 유람 또는 출항 시의 영가라고 해석해 왔지만, 당시의 야간 출항은 긴급한 경우 이외에는 나갈 수 없었으므로 야간유람설은 있을 수 없다. 미소기(액막이 의식으로 물로 몸과 마음을 청결케 하는 불제) 영지로 알려진 '니키타츠' 바다에서, 만월 하에 항해의 안전과 전승을 기도하려 한다. 1월 15일 밤의 '승선 신사(神事)'는 지금도 행해지고 있어 이와 관련된 노래로 보고 있다. 주가(呪歌)의 정취와 출항 직전의 긴장감이 잘 드러나 있다.

21세기 현대 일본인이 사랑하는 『만엽집』노래 **제8위**의 작품이다.

천황, 가모들판에서 사냥하실 때, 누카타노 오키미가 지은 노래(天皇の蒲生野に遊獵したまふ時、額田王の作る歌)

26 지치가 자라는 보랏빛 들판, 출입이 금지된 들판에서 영지의 파수꾼이 오가는 것을 보고 있잖아요. 당신이 소매 흔들고 계시는 것을…. (1·20)
あかねさす 紫野行き標野行き 野守は見ずや 君が袖振る

황태자 화답하시는 노래, 아스카궁에서 천하를 다스린 천황, 시호 덴무 천황(皇太子の笞へませる御歌 明日香宮御宇天皇謚曰天武天皇)

기에 말하길, 천황 7년 여름 5월 5일, 가모들판에 수렵하시다. 때에 황태자의 동생·제왕·내신과 군신, 모두 수행했다고 한다.

해석과 감상

위 노래는 누카타노 오키미의 대표격 노래로, 일본인이 사랑하는 『만엽집』 노래 10수 중, **제1위**에 오른 작품이다. 약초 캐기가 끝나고 개최된 연회에서 누카타노 오키미는 옛 남편이었던 오아마 왕자와 위 노래를 증답하고 있다. 좌주에, 『일본서기』 668년(덴지 천황 7) 5월 5일, 가모들판에서 수렵이 개최되어 오아마 왕자와 제왕족, 가마타리를 비롯한 군신이 모두 동참했다고 되어 있다.

노래에서는 두 사람이 서로 사랑하고 있는 사이처럼 일견 보이나 이때의 누카타노 오키미는 형인 덴지 천황의 여인이다. 참가한 사람들은 그 관계를 이미 다 알고 있었을 것이므로 그 연정을 노래하였다기보다는, 연석에서의 유희적 노래라고 보는 것이 자연스럽다.

누카타노 오키미는 덴지 천황에게 다음과 같이 노래하고 있다.

누카타노 오키미 오미 천황을 그리며 부른 노래 1수(額田王、近江天皇を思ひて作る歌一首)

28 애타게 그대 오기를 기다리고 있자니 가을바람이 내 방의 발을 살랑살랑 흔들고 있다. (4·488)
君待つとわが戀をれば わが宿のすだれ動かし秋の風吹く

해석과 감상

이 노래의 오미 천황은 오아마 왕자의 형인 덴지 천황이다. 애타게 사랑하는 사람을 그리는 여심의 노래로 누카타노 오키미의 수작이라 여겨지고 있으나 최근에는 중국시의 모방작이라는 견해도 있다. 실제 덴지 천황 후궁인 빈과 궁인을 열거한 『일본서기』 덴지 7년 2월조에는 누카타노 오키미의 이름이 보이지 않는다. 그래서 후인들의 조작이라며 실작가를 의심하기도 한다. 누카타노 오키미에 대해 여러 이설이 있으나 『만엽집』 노래에서 보는 누카타노 오키미는 당대의 두 영웅에게 사랑을 받았다는 사실이다. 게다가 그녀는 뛰어난 한학의 실력자이기도 하여 다음과 같은 노래도 부르고 있다.

천황이 내대신 후지와라노 아손에게 분부하여 봄 산의 만발한 수많은 꽃들의 화려함과 가을 산의 울긋불긋하게 물든 단풍잎의 이름다움을 겨루게 했을 때, 누카타노 오키미가 노래로 판정했다.

天皇の内大臣藤原朝臣に詔して、春山萬花の艶と秋山千葉の彩と競憐はしめたまふ時、額田王、歌を以ちて判る歌

29 겨울잠 자던 봄이 찾아오면 그동안 울지 않던 새도 날아와 울고 피지 않던 꽃도 피건만, 나무가 무성하여 들어가 꺾을 수도 없고 풀숲이 깊어 꺾어서 손에 들고 볼 수도 없다. 가을 산 나뭇잎을 볼 때는 울긋불긋한 단풍잎을 손에 들어 상미하며 물들지 않은 푸른 잎은 그대로 놓고 탄식한다. 이 점이 애석하니, 나는 역시 가을 산이 좋다. (1·16)

冬ごもり 春さり來れば 鳴かざりし 鳥も來鳴きぬ 咲かざりし 花も咲けれど 山を茂み 入りても取らず 草深み 取りても見ず 秋山の 木の葉を見てば 黃葉をば 取りてぞしのふ 靑きをば 置きてぞ歎く そこし恨めし 秋山われは

해석과 감상

여기서의 천황도 덴지 천황이다. 덴지 천황은 군신들에게 시를 지어 춘추의 우열을 논하게 한다. 제목에서의 군신 후지와라 대신은 다이카개신의 공신인 나카토미노 가마타리(中臣鎌足)를 말한다. 춘추를 두고 그 우열을 경연하는 것은 중국 풍습에 따른 것으로 군신들은 한시를 지어 응했다. 반면, 누카타노 오키미는 와카로써 그에 답한 것이다. 봄과 가을에 대한 우열이 노래 내용에서는 분명하지 않다. 단지, 누카타노 오키미 자신의 기호만을 말미에 덧붙이고 있다. 그러나 중국에서 전래되어 온 시연, 그 공간에서 불리던 노래가 한시뿐만이 아니고 이처럼 와카에도 있었다는 사실은 와카사상 소중한 자료이다.

3. 제2기(最盛期1)

제40대 덴무조로부터 나라 천도까지, 672~710

672년 왕위계승문제로 기인된 고대 최대의 내란인 임신란 평정 후부터 헤이조경 천도(平城京遷都, 710)까지의 약 40년간이다. 제11대 지토여제를 중심으로 한 후지와라경(藤原京)시대도 해당한다. 율령국가의 번영과 천황의 절대적 권위를 배경으로 와카의 융성기이며, 장·단가의 형식도 이 시기에 완성된다. 지토 천황은 제1기의 중심인물인 덴지 천황의 딸이며, 덴지의 동생인 덴무 천황의 부인으로, 이 시대의 가장 중추적인 인물이다. 덴무의 여러 왕자 중, 자신이 낳은 쿠사카베 왕자에게 왕위를 잇게 하려고 언니와 남편 사이의 아들인 오츠 왕자를 모반죄를 씌워 죽인다. 그러나 덴무 천황 서거 후 갑자기 그 쿠사카베 왕자가 죽게 된다. 그래서 지토는 손자인 가루 왕자가 성인이 될 때까지 남편의 뒤를 잇기 위해 자신이 직접 왕위에 오른다. 임신란에서는 아버지 덴지의 아들이며 자신의 동생인 고분 천황과 남편 덴무가 싸우는 혈육전의 한가운데 있었고, 남편의 왕위를 잇게 하고자 아들의 적이 될 만한 존재까지 없애버린다. 그렇게까지 했는데, 남편이 죽은 지 얼마 되지도 않아 청천벽력과 같은 아들의 비보를 접한다. 이런 상황 속에서도 꿋꿋하게 남편의 위업을 이어받고 남편 이상의 업적을 이룩하여 고대국가의 기반을 확립시킨 지토 천왕. 그야말로 지토는 고대뿐만이 아니라 일본 역사를 통틀어서의 철혈여제라 할 수 있는 인물이다.

이 시기는 궁정의식 등 관인들의 의례적 장에서 노래를 읊는 전문가인도 나타나, 궁정 찬가나 여행 노래를 많이 읊었다. 그 대표 가인이 지토 천황 때 활약한 가키노모토노 히토마로이다. 그는 왕실찬미가 및 왕족의 죽음을 슬퍼하는 장가 등 웅대한 구상 하에서의 장중한 리듬을 구사하였다. 그 외 다케치노 구로히토·나가노 오키마로(長意貴麻呂), 덴무 천황·지토 천황·덴무와 오츠 왕자·그 여동생 오쿠 공주(大伯皇女)·덴지의 제7왕자인 시키 왕자(志貴皇子) 등이 있다.

또 침사(枕詞)·서사(序詞)·대구(對句) 등의 표현기교(수사)를 이용한 단가형식이 이 시기에 완성된다. 장가의 완성도 이 시기의 특징이다.

1) 지토 천황(持統天皇, 645～703)

덴지 천황의 제2공주로, 어머니는 소가노구라야마타노 이시카와마로(蘇我倉山田石川麻呂)의 딸 오치노 이라츠메(遠智娘)이다. 다이카개신이 일어났던 645년 태어나, 657년 13세로 아버지의 동생인 오아마 왕자의 비(妃)가 된다. 즉 삼촌과 결혼한 것이 된다(역사가 중에서는 덴지와 덴무가 형제가 아니라는 견해도 있다). 662년, 백제구원을 위해서 사이메이 천황이 모두를 데리고 서행할 때 오아마 왕자와 같이 동행하여 쓰쿠시 나오츠(那大津)에서 쿠사카베 왕자를 낳는다.

671년, 병상인 아버지 덴지 천황이 있는 오미 오츠궁을 떠나 남편 오아마 왕자를 따라서 요시노궁(吉野宮)으로 들어간다. 672년 덴지가 죽자 요시노를 나온 오아마가 임신란을 일으킨다. 673년 오아마가 즉위하여 덴무 천황이 되자 그 왕후가 된다. 681년 언니의 아들인 조카 오츠 왕자를 조정에 참가시키나 686년 9월 남편이 죽자 오츠 왕자를 모반죄를 씌워 없애버린다. 그런데 앞에서도 언급한 바 있듯이 689년 4월 아들 쿠사카베가 갑자기 죽어버려, 6월 기요미하라령(淨御原令)을 시행하고, 다음 해 즉위한다. 그 후 중앙집권적인 율령제국가 건설에 힘쓰며, 694년에 후지와라궁으로 천도한다. 690년 태정대신(太政大臣)으로 수족처럼 정치를 해주던 덴무의 제1왕자 다케치 왕자(高市皇子)가 696년 돌연사하자, 쿠사카베 왕자의 아들인 손자 가루 왕자(輕皇子, 문무천황)에게 양위하고 태상 천황이 된다. 702년에는 다이호율령이 시행되나 이해 12월 58세로 서거한다.

덴무의 왕자들

1. 다케치 왕자(高市皇子) 2. 쿠사카베 왕자(草壁皇子) 3. 오츠 왕자(大津皇子) 4. 오사카베 왕자(忍壁皇子) 5. 시키 왕자(磯城皇子) 6. 도네리 왕자(舍人皇子) 7. 나가 왕자(長皇子) 8. 호즈미 왕자(穗積皇子) 9. 유게 왕자(弓削皇子) 10. 니이타베 왕자(新田部皇子)

천황의 노래(天皇の御製歌)

30 봄 지나 여름이 온 듯하다. 하늘 가구산에 새하얀 옷이 걸려 있네. (1·28)

春過ぎて夏來るらし 白たへの衣干したり 天の香來山

해석과 감상

이 28번가는 현대 일본인들이 좋아하는 『만엽집』 노래 중 **제4위**에 오른 노래이다. 694년(지토 8), 제41대 지토 천황은 수도를 남편 덴무 천황이 재위해 있던 아스카키요미하라궁(飛鳥淨御原宮)에서 후지와라궁(藤原宮)으로 옮긴다. 이 노래는 『만엽집』 배열 상으로 보아, 천도 전에 읊어진 것으로 보인다. 가구산은 후지와라궁 동남쪽에 있는 낮은 산으로, 지토 천황은 궁전에서 산중턱에 널려 있는 하얀 옷을 보고 여름의 도래를 기뻐하고 있다.

대부분의 만엽노래가 봄과 가을을 선호하여 읊고 있는 것과 달리 이 노래는 여름의 청아함을 노래하고 있으니 독창적이다. 여러 산들 중에서 가구산에만, '천'을 형용하는 것은, 가구산이 하늘에서 내려온 신성한 산이라는 전설에 의한 것이다. 『아와지방(阿波國) 풍토기』일문(逸文)에, '하늘에서 내려온 큰 산이 아마노모토산(あまのもと山)이고 이 산이 깨져 야마토지방으로 떨어진 것이 아마노가구산이다'라고 되어 있다. 가구산은 하늘 신이 내려오는 통로의 신성한 산으로서 실제로 야마토조정 신제사의 산이기도 했다. 노래의 이해로는 여름의 한 풍경이라는 것과 가구산의 성격상 신제사 때 입은 제의를 말리는 신사(神事)를 읊은 것이라는 두 가지가 있다. 여기서의 신사란, 모내기에 앞서, 선택된 처녀들이 신성한 사오토메(모내기하는 처녀)의 자격을 얻기 위해서 미소기(禊ぎ) 때 입은 재의(齋衣)를 널어 말리는 일이다. 초록의 가구산과 순백

의 의복은 극히 인상적인 풍경이었을 것이다. 지토 여제는 이에서 여름의 도래를 느낀 것이다. 지금도 일본에서는 고로모가에(更衣)라는 풍습이 있다. 6월 1일이 되면 옷들의 소매가 일제히 짧아지는데, 고대로부터 이렇게 계절의 추이에 반응하는 일본인의 정서가 현대까지 그대로 이어지고 있다.

2) 가성(歌聖) 가키노모토노 히토마로(柿本人麻呂, 생몰년 미상)

가키노모토노 히토마로는 덴무·지토·몬무조인 만엽 제2기를 대표하는 가인일 뿐만 아니라 만엽 최고의 가인, 나아가서는 일본 최고의 가인으로 곱힌다. 노래는 주로 지토조(686~697)에 집중하고 있으며, 38가선의 한 사람이다. 후대 『고금와카집(古今和歌集)』에서 가성(歌聖)으로 추앙을 받고 있는 히토마로는 뛰어난 가인임에도 불구하고 역사서에 그 이름이 등장하지 않는다. 이름이 있는 유일한 『만엽집』 내에서도 남겨놓은 노래 외에는 단서가 없어 그 출자·경력 등 개인신상에 대해서는 미상이며 베일에 쌓여 있다. 일반적으로 그는 하급 궁정관리로 만년에는 이와미지방(石見國, 시마네현 서부) 관리가 되어 나라천도 이전에 사망한 것으로 보고 있다. 『만엽집』에는 84수의 서명가가 있고 그 외, 『가키노모토노 히토마로가집(柿本人麻呂歌集)』에 약 364수(자작 및 타인의 작품, 제지방의 민요 포함) 수록되어 있다. 작가의 주제영역이 다기에 걸쳐 있다. 천황이나 왕자에 수행해서 읊은 궁정찬가인 요시노찬가(36~39) 등의 왕실찬가군, 왕족의 죽음에 관련된 다케치 왕자 만가(高市皇子挽歌, 199~201) 등의 만가군, '오미황도가(近江荒都歌)' 등과 같은 공적 작가군 외에, 사적 만가인 '읍혈애도가군(泣血哀慟歌群)', 개인적 술회를 읊은 노래 '이와미상문가군(石見相聞歌群, 131~137)', '임사시자상작가(臨死時自傷作歌, 죽음에 임했을 때 스스로 부르는 노래)', 그 외 여행가 등이 있다. 그의 노래는 크게 그의 빈궁만가군에서 보이는 '천황 즉 신관(天皇卽神觀)' 사상과 이전의 주가적(呪歌的) 노래 성격에서 벗어난 '새로운 서정적 시가의 탄생'이라는 두 가지 특색이 있다.

먼저 '천황 즉 신관'이 잘 드러난 노래들이다. 출자가 불분명한 그의 노래 중 제작연대가 분명한 최초 작품은, '히

나미시 왕자의 빈궁만가(日並皇子殯宮挽歌)’장·단가군 3
수(권2·167~169)이다. ‘빈궁(殯宮)’이란 원래 육체로부터
유리한 영혼을 다시 그 그릇인 육체로 되돌리려고, 사자
의 재생을 기도하는 주적 의례가 행해지는 장소를 말한
다. 그러나 이 만가군에서는 이미 그 죽음이 확정된 단계
에서 노래하고 있어 주적인 의미보다는 왕실찬미의 의미
가 크다고 하겠다. 때로는 그 변화해가는 시대상황을 고
려하여 의례를 대신해서 읊은 노래도 있다고 생각한다.

히나미시 왕자의 빈궁 때, 가키모토노아소미 히토마로가 지은
노래 1수 및 단가(日並皇子尊の殯宮の時、柿本朝臣人麻呂の作る歌一首 幷
短歌)

31 천지가 처음 생성될 때 하늘 강가에서 팔백만 신들이
모여 의논하여, 아마테라스 히루메노미코토(일설에, 떠
오르는 히루메노미코토)에게 천상계를 다스리라고 하
였다. 이에 히루메노미코토는 이 아시하라의 미즈호
국 땅 끝까지 다스리시는 신으로서 하늘 구름을 헤치
고 (일설에 여덟겹 하늘 구름을 헤치고) 내려오셨고 (그

왕통을 이은) 덴무 천황은 기요미하라궁에서 신으로서 훌륭하게 나라를 통치하시고는 스메로키가 다스리시는 나라라며 하늘의 바위문을 열고 신으로서 올라가 버리셨다(일설에, 하늘로 올라가시니). 그래서 (그 왕통을 이은) 이 히나미시 왕자가 천하를 다스리면 봄의 꽃처럼 고귀할 것이고, 보름달처럼 충만하게 번성할 것이라고, 온 천하의 (일설에, 다스리는 나라의) 모든 사람들이 크게 기대하며 하늘의 단비를 기다리듯 우러러 기다리고 있었는데, 어찌 생각을 하셨는가. 동행도 없는 마유미 언덕에 궁 기둥을 높이 지으시고 아침마다 말씀도 없으신 채 수많은 세월만 흘러가 버렸으니 왕자의 궁인들도 어찌할 바를 모르고 있다. (일설에, 왕자의 궁인들은 행방을 몰라 한다.) (2·167)

天地の 初の時 ひさかたの 天の河原に 八百万 千万神の 神集ひ 集ひいまして 神計るり はかりし時に 天照らす 日女の尊 (一に云ふ、さしのぼる 日女の命) 天をば 知らしめすと 葦原の 水穂の國を 天地の 依り合ひの極み 知らしめす 神の命と 天雲の 八重かき分きて (一に云ふ、天雲の八重雲分きて) 神下し いませまつりし 高照らす 日の皇子は 飛ぶ鳥の 淨の宮に 神ながら 太敷きまして 天皇の 敷きます國と 天の原 石門を開き 神上り

あがりいましぬ (一に云ふ、神登りいましにしかば) わが大王 皇
子の命の 天の下 知らしめしせば 春花の 貴からむと 望月の
滿はしけむと 天の下 (一に云ふ、食す國) 四方の人の 大船の 思
ひ賴みて 天つ水 仰ぎて待つに いかさまに 思ほしめせか 由緣
もなき 眞弓の丘に 宮柱 太敷きいまし みあらかを 高知りまし
て 朝ごとに 御言問はさず 日月の まねくなりぬる そこゆゑに
皇子の宮人 行方知らずも (一に云ふ、さす竹の皇子の宮人ゆくへ
知らにす。)

반가 2수(反歌二首)

32 하늘을 우러러보듯 올려다본 왕자의 어전이 황폐해
지니 애석하기 짝이 없다. (2·168)
ひさかたの 天見るごとく 仰ぎ見し皇子の御門の荒れまく惜
しも

33 하늘에 태양이 빛나고 있다 해도 밤하늘을 건너는
달이 숨어버리는 것은 실로 애석하구나. (2·169)
あかねさす日は照らせれど ぬばたまの 夜渡る月の 隱らく惜
しも

어느 책 노래 1수(或本歌一首)

> **34** 시마궁 마가리 연못에 풀어놓은 새도 황태자가
> 그리워서인가? 못으로 들어가려고도 하지 않네.
> (2·170)
> 島の宮勾の池の放ち鳥 人目に戀ひて池に潛かず

해석과 감상

히나미시 왕자는 앞에서도 언급한 쿠사카베 왕자를 말
하며, 지토 여제와 덴무 천황 사이에서 661년 출생한 독
자로, 682년 황태자로 세워진다. 앞서도 잠시 언급했지
만, 686년 덴무 천황이 서거하나 즉위하지 못한 채 3년도
지나지 않은 689년 사망하여, 그다음 해 지토 천황이 직
접 즉위하게 된다.

위 노래는, 대부분이 출처미상인 히토마로 작품 중에서
그 연대를 알 수 있는 첫 작품이다. 우선 천지가 개벽했을
때로부터 노래를 불러일으켜, 기키나 노리토(祝詞)에 전
해지는 신화와 공통된, '높이 다스리시는 태양의 왕자' 전
승을 읊는다. 천손강림신화는 기키 신화에서는 아마테라

스 대신(天照大神)의 천손 니니기노미코토를 말하나, 이 노래에서는, 아스카기요미하라궁의 천황, 즉 덴무 천황을 가리키며 이하의 내용으로 이어진다. 역대 천황을 모두 천손이 다시 태어난 것으로 인식되어 천손 니니기노미코토와 동격으로 보는 것이 고대신앙이었다. 노래 상단에서는 니니기노미코토와 덴무 천황이 겹쳐 있다.

천지개벽 때로 시작한 노래는 이어 덴무 천황의 사적을 언급하고, '신으로서 올라가 버리셨다'까지가 제1단이다. '히나미시 왕자가' 이하가 제2단이 되며, 여기서 처음 히나미시 왕자의 서거를 애도하고 마유미 언덕에서 빈궁하는 모습을 표현하고 있다. 일반적인 빈궁만가 구조의 순서상 이 부분에서는 왕자의 업적을 서술한다. 그러나 히나미시 왕자의 경우는, 덴무조 황태자로서 천황의 3년상이 다 끝나지 않는 사이, 28세로 사망하였기에 그 위업에 대신해서 사람들의 기대가 컸던 모양을 그리고 있다. 그러고는 '어찌 생각을 하셨는가?'라는 만가의 상투적 구절로 반전하여 '동행도 없는 마유미 언덕에 궁 기둥을 높이 지으시고'라며 빈궁 묘사로 들어간다.

반가 제1수에는 장가의 '하늘의 단비를 기다리듯 우러러 기다리고 있었는데'를 받아 왕자의 시마궁이 황폐해져 가는 것을 애석해 하며 궁에 출사하던 사람들의 안타까움이 잘 나타나 있다. 제2수는, 하늘에서 비추고 있는 태양과 달을 비유하여 왕자의 서거를 한탄한다.

'천황과 나란히 천하에 임한다'는 뜻의 이름을 가진 히나미시 왕자를 황조신의 계보로서 '신통보(神統譜)' 속에 정위(正位)시킨다. 나아가 히나미시 왕자에게 출사한 '도네리(舍人)'로서의 탄식이 길게 더해진다. 장가 전반의 복잡한 노래의 맥은, 아마테라스대신의 천손의 천손인 덴무천황, 그리고 그 아들인 히나미시 왕자라는 구도이다. 덴무 천황의 붕어를 '황조신이 다스리시는 나라'로 하면서 '하늘 바위문을 열고 신으로서 올라가버리셨다'고 읊고 있는 부분에서는 덴무조 이후 급속히 높아진 '천황＝신'이라는 신관이 역력히 보이고 있다.

황태자궁 도네리들이 슬퍼 한탄하며 만든 노래 23수(皇子尊の宮
の舍人ら慟しび傷みて作る歌二十三首)

35 높이 빛나는 우리 태양의 왕자님이 만대까지 다스
리셨을 시마궁이었는데…. (2·171)

高光るわが日の皇子の 万代に國知らさまし島の宮はも

36 시마궁 위 연못에 풀어놓은 새야, 어지럽히지 말고
가라. 비록 우리 님이 안 계시더라도…. (2·172)

島の宮上の池なる放ち鳥 荒びな行きそ 君まさずとも

37 높이 빛나는 우리 태양의 왕자님이 계신다면 시마
궁전은 황폐해지지 않았을 것을…. (2·173)

高光るわが日の皇子のいましせば島の御門は荒れざらましを

38 주의 깊게 보지 않았던 마유미 언덕도 우리 님이 계
시어서 영원한 어전으로 숙직하며 경비 서는 것이
다. (2·174)

よそに見し眞真弓の丘も君ませば 常つ御門と侍宿するかも

39 꿈속에서조차도 보지 못해 석연치 않은 마음으로
궁에 출사하는구나. 히노쿠마의 구부러진 길을….
(2·175)

夢にだに見ざりしものを おぼぼしく宮出もするか さ檜の隈
廻を

40 천지가 다할 때까지 모시려 했는데, 다할 수 없게
되었네. (2·176)

天地と共に終へむと思ひつつ 仕へ奉りしこころ違ひぬ

41 아침 태양이 떠오르는 사다 언덕에 모여 우는 우리
들의 눈물은 그칠 때가 없구나. (2·177)

朝日照る佐田の岡邊に群れ居つつ わが泣く涙やむ時も無し

42 왕자님이 서 계시던 정원을 볼 때면 비처럼 흐르는
눈물을 멈출 수가 없다. (2·178)

み立たしの 島を見る時 にはたづみ流るる涙止めぞかねつる

43 귤나무 시마궁이 질리지 않아서일까? 사다 언덕 주

변에까지 숙직 경비를 서러 간다. (2·179)

橘の島の宮には飽かねかも 佐田の岡邊に侍宿しに行く

44 계시던 시마궁을 집으로 하는 새들도 부디 새해가

될 때까지는 흩어지지 말아라. (2·180)

み立たしの島をも家と住む鳥も 荒びな行そ 年かはるまで

45 계시던 시마궁의 황폐해진 물가를 지금 보니 자라

지 않던 풀이 돋아났구나. (2·181)

み立たしの島の荒礒を今見れば 生ひざりし草生ひにけるかも

46 둥지 지어 기른 기러기 새끼가 그곳을 떠나게 된다

면 마유미 언덕으로 날아 돌아오너라. (2·182)

鳥ぐら立て飼ひし鴈の子 巣立ちなば 眞弓の丘に飛び歸り來ね

47 우리 왕자궁은 천대에까지 영원히 번영할 것이라고

생각했던 내가 슬프구나. (2·183)

わが御門千代永久に榮えむと 思ひてありしわれし悲も

48 물 맑은 어전에 출사하고 있지만 어제도 오늘도 부르시는 일이 없네. (2·184)

東の瀧の御門に伺侍へど 昨日も今日も召すことも無し

49 물 따라 흐르는 바위 물가 굽어진 모퉁이 바위 철쭉이 무성하게 피어 있는 이 길을 다시금 볼 수 있을까. (2·185)

水伝ふ礒の浦廻の岩つつじ茂く咲く道を また見なむかも

50 하루에도 일천 번 찾아뵈던 동쪽 커다란 어전에 이제는 들어가기 어렵겠구나. (2·186)

一日には千たび參りし 東の大き御門を入りかてぬかも

51 연고도 없는 사다 언덕으로 가시면 시마교에는 누군가가 살고 계실 것인가? (2·187)

つれもなき 佐田の丘邊に歸り居ば 島の御橋に誰か住まはむ

52 아침 태양이 숨어 버려서 서 계시던 정원에 내려가 한탄했네. (2·188)

朝くもり日の入りぬれば み立たしの 島に下りゐて嘆きつる

かも

53 아침 태양이 비치는 시마어전에 사람소리도 들리지
않으니 그야말로 슬픈 일이구나. (2·189)

朝日照る島の御門に おほほしく人音もせねばまうら悲しも

54 삼목기둥처럼 굵고 듬직한 마음이지만, 지금 이 내
슬픔은 진정되지가 않는다. (2·190)

眞木柱太き心はありしかど このわが心鎭めかねつも

55 털옷을 봄 겨울로 준비하여 수렵하시던 우다의 큰
들판이 앞으로도 생각날까? (2·191)

けころもを春冬かた設けて 幸しし宇陀の大野は思のえむかも

56 아침 해 비치는 사다 언덕 주변에서 우는 새처럼 매
일 밤 계속 울고 있다. 이 한 해를…. (2·192)

朝日照る佐田の岡邊に鳴く鳥の 夜泣きかへらふこの年ころを

위, 일본기에 말하길 689년 4월 13일에 돌아가셨다고
한다.

해석과 감상

위 23수는, 히나미시 왕자(쿠사카베 황태자)에게 출사하
던 도네리들이 시마궁이나 마유미 언덕 빈궁에 임해서 왕
자의 죽음을 애석해하며 비탄하여 부른 노래들이다. 히토
마로도 이들 도네리의 한 사람이었다고 보는 설도 있다.
도네리란, 다이카 전대에는 동쪽 지방을 중심으로 한 지
방 호족의 자제들, 때론 고관 자제도 포함되고 그 일족으
로부터 야마토조정에 공진되며, 천황이나 왕족에게 예속
되어 신변잡기나 호위의 비교적 낮은 신분의 임무를 맡은
관인으로, 문무 양쪽을 겸했다. 뒤에는 문과 무가 분리되

어 문관적 존재만을 도네리라고 했다(이와 같은 입장의 여성을 우네메〈采女〉라고 한다).

도네리들이 주군의 죽음에 임해서 만가를 읊었는데 위와 같은 예는 『만엽집』에 또 없다. 그만큼 쿠사카베 황태자의 죽음이 갑작스러웠으며 당황스러운 큰 사건이었다는 것을 말한다. 위 노래들이 히토마로의 작품이다, 히토마로의 지도를 받아 만든 것이다, 히토마로가 대신해서 만든 것이다라고 의견이 분분하여 정해진 설은 없다. 다만 어떤 것이든 노래 전체의 통일된 분위기를 가지고 있으며, 각각 다른 장소에서 불리었다고 하기보다는 같은 장소에서 읊어진 것인 듯하고 높은 수준이라는 것이 노래에서 풍긴다. 솔직하게 주인을 잃은 슬픔을 노래하고 있어 심금을 울린다.

가루 왕자가 아키들판에 묵으실 때, 가키노모토노아소미 히토마로가 만든 노래(輕皇子の安騎の野に宿りしましし時、柿本朝臣人麻呂の作る歌)

58 팔방을 다스리시는 나의 대왕님은 높이 빛나는 태양

의 왕자. 신으로서 신답게 행동하시려고 훌륭한 수도를 뒤로 하고 하츠세산 노송나무가 울창한 황폐한 산길이나 바위와 금기시된 나무들을 헤치면서 아침에는 넘어 가시고 저녁이 되자 눈 내리는 아키의 넓은 들에 참억새 조릿대와 작은 대나무를 눌러 쓰러뜨려서는 풀 베개 하여 주무신다. (망부이신 쿠사카베 황태자가 계셨던) 그 옛날 일을 생각하며…. (1·45)

やすみしし わが大王 高照らす 日の皇子 神ながら 神さびせす と 太しかす 都を置きて こもりくの 泊瀬の山は 眞木立つ 荒山道を 岩が根 禁樹おしなべ 坂鳥の 朝越えまして 玉かぎる 夕さりくれば み雪降る 阿騎の大野に 旗薄 小竹をおしなべ 草枕 旅宿りせす いにしへ思ひて

단가(短歌)

59 아키 들판에서 묵고 있는 여행자들은, 편히 잠들지 못할 것이다. 그 옛날이 생각나서. (1·46)

阿騎の野に宿る旅人 うちなびき 眠も寝らめやも いにしへ思ふに

60 풀 베는 거친 들이지만 단풍잎처럼 가버린 님의 연
고지라서 왔다. (1·47)

ま草苅る荒野にはあれど 黃葉の過ぎにし君が形見とぞ來し

61 동녘에서 서광이 떠오르는 것이 보여 뒤돌아보니
달이 기울어지고 있네. (1·48)

東の野に炎の立つ見えて かへり見すれば月かたぶきぬ

62 히나미시 황태자가 말을 나열하여 사냥 나가셨던
그 시각이 다가온다. (1·49)

日並皇子の命の 馬並めて御狩立たしし時は來向ふ

해석과 감상

가루 왕자(683-707)는 덴무·지토 천황의 손자로 쿠사
카베 왕자의 아들이며, 어머니는 아에 공주(阿閉皇女: 훗날
의 겐메이 천황)이다. 위 노래는 가루 왕자(뒤의 몬무 천황)
가 우다군 아키 들판에 머물 때, 같이 동행한 히토마로의
노래로 대체로 지토 6(692)·7년(693) 겨울의 작품으로 보
고 있다. 장가에서는, 아스카 수도로부터 하츠세를 거쳐

아키 들판에 이르기까지를 기행문식으로 '참억새 조릿대
와 작은 대나무를 눌러 쓰러뜨려서는'이라고 읊는다. 이
어 여행숙박의 목적을 '망부이신 쿠사카베 황태자가 계
셨던 그 옛날 일을 생각하며'로 표현하며 맺는다. 장가의
끝 5구가 독립하면 단가가 된다. 이는 한시의 반사(反辭)
에 자극되어 반가형식을 낳은 것이나, 대체적으로 히토마
로의 장가는 끝 5구의 독립성이 강하다. 그래서 '장가+반
가'에서, '장가+단가'로 그 노래 구조가 이행하게 된다. 이
장가에서는 4수의 반가를 더해 '단가'라고 표기하고 있다.

반가에서는 여행 목적이 구체적으로 더욱 명백해진
다. 돌아가신 아버지 히나미시 왕자가 일찍이 수렵하셨
던 연 있는 땅에 가루 왕자가 추모하러 온 것이다. 앞에
서도 언급했듯이 히나미시 왕자는 덴무와 지토 둘 사이
에서 태어나 왕위계승자로서 기대되었으나, 689년(지토
3) 28세로 돌연 사망하며, 이때 가루 왕자는 7세였다. 이
아키노행은 그 후 3, 4년 사이의 일이라고 추정된다. 특
히 반가 4수는 장에 어울리는 서정세계를 펼쳐, 작자 히
토마로의 마음이 소년 가루 왕자의 상심과 겹친다. 이 4

수의 배열은 절구(絶句)의 기승전결법처럼 시간적 경과를 나타낸다.

특히 세 번째 48번가는 일본인이 사랑하는 『만엽집』 노래 **제7위**에 있다. 이 노래의 해석에는 여러 가지가 있어, 구 중의 '가기로우(炎)'를 '연기'로 보느냐, '아지랑이(陽炎)'로 보느냐 '아카츠키(曉光)'로 보느냐로 나눠지지만, 동쪽 하늘에서 떠오르는 서광으로 해석하는 것이 가루 왕자를 주체로 보아 가장 합당할 듯 싶다.

장가의 서정적 주제 '여행자들은, 편히 누워 자고 있을까 아니 잠들지 못할 것이다'를 받아, 반가의 제1수에서는 '잠들지 못할 것이다'라고 추정하면서, 제2수에서는 여행의 목적을 '가버린 님의 연고지다'라고 언급하고 있다. 그 주이는 모두 가루 왕자이다. 제3수에서 일변하여, 이른 아침 풍경을 노래하고 있다. 그러나 작자의 눈은 동쪽에서 서쪽으로 움직이는 것이 아니라 가루 왕자의 움직임을 물끄러미 바라보고 있다. 그리고 제4수에서는 마침내 아침수렵에 나설 시각이 다가온 것을 노래하면서 일련의 노래를 끝맺는다. 돌아가신 히나미시 왕자에 대한 위령·추도가 목적인 여행노래인 것이다.

천황뿐만이 아니라 그 왕자들까지도 높이 칭송하는 천황계 찬미의 노래는 다음 노래에서는 모든 자연물까지도 그 천황에게 봉사하고 있다고 그 경도를 높인다.

요시노궁으로 행차하실 때, 가키노모토노아소미 히토마로가 만든 노래(吉野の宮に幸しし時、柿本朝臣人麻呂の作る歌)

63 팔방을 다스리시는 나의 대왕이 다스리시는 천하에 국토는 많이 있지만, 그중에서도 산천이 깨끗하고 아름다운 곳이라 하여, 마음을 기울이시던 요시노 지방. 꽃이 흩날리며 지는 아키츠 들녘에다 기둥을 단단히 세워 궁전을 지으시니, 궁정 사람은 배를 나열하여 아침 강을 건너고 배를 저어 경쟁하듯 저녁 강을 건넌다. 이 강처럼 영원히 끊어지는 일 없이, 이 산처럼 더욱더 훌륭하게 다스리시는 요시노 폭포의 궁전은 아무리 보아도 질리지 않는구나. (1 · 36)

やすみしし わが大王の 聞しめす 天の下に 國はしも さはに あれども 山川の 清き河内と 御心を 吉野の國の 花散らふ 秋津の野辺に 宮柱 太しきませば ももしきの 大宮人は 船並めて

朝川渡り 船競ひ 夕川渡る この川の 絶ゆることなく この山の

いや高しらす 水激つ 瀧の都は 見れど飽かぬかも

반가(反歌)

64 아무리 보아도 질리지 않는 요시노강, 그 강바위에
끼는 물이끼처럼 끊임없이 와서 보자. (1·37)

見れど飽ぬ 吉野の川の 常滑の 絶ゆることなくまたかへり

見む

65 팔방을 다스리시는 나의 대왕은 신이라서 신으로서
행사하시고자, 요시노강 물살이 용숫음치는 강변에
다 높이 궁전을 지으시고, 그 위에 올라서서 온 나
라를 굽어보시니, 푸른 울타리처럼 겹겹이 연이은
산들, 그 산신이 바치는 공물로써, 봄에는 꽃을 머
리에 꽂고 가을이 되면 울긋불긋 물든 단풍잎으로
장식한다(일설에, 단풍으로 장식하고). 산 따라 흐르
는 강신도 수라로 바치려고 강 상류에는 그물을 치
고 하류에는 망태를 친다. 산도 강도 몸소 시중드는
신의 시대이로다. (1 · 38)

やすみしし わが大王 神ながら 神さびせすと 吉野川 激つ河

內に 高殿を 高しりまして 登り立ち 國見をせせば たたなは

る 青垣山 〃神の 奉る御調と 春べは 花かざし持ち 秋立てば

黄葉かざせり (一に云ふ、黄葉かざし) 行きそふ 川の神も 大御

食に 仕へ奉ると 上つ瀬に 鵜川を立ち 下つ瀬に 小網さし渡

す 山川も 寄りて仕ふる 神の御代かも

반가(反歌)

66 산도 강도 몸소 시중드는 신이라서 물살이 거센 강
에다 배를 띄우시는구나. (1·39)

山川も 寄りて仕ふる 神ながらたぎつ河內に船出せすかも

일본기에서 말하길, 3년 1월, 천황 요시노궁에 행차하다.
8월 요시노궁에 행차하다. 4년 2월, 요시노궁에 행차하
다. 5월 요시노궁에 행차하다. 5년 1월, 요시노궁에 행차
하다. 4월 요시노궁에 행차하다고 되어 있지만, 몇 월 행
차에 해당하는 노래인지는 알 수 없다.

36~39번 노래는 히토마로가, 지토 천황이 요시노로 행차할 때 동행해서 부른 노래들이다. 특히나 지토 천황은 재위기간 10년 동안 31번이나 요시노로 행차하였다. 다른 천황과 비교해서 이 행차 수는 비정상적이라고 할 정도이다. 그 사이 정무는 덴무의 제1왕자 다케치 왕자에게 위임하고 본인은 남쪽 요시노산으로 향하고 있다. 이 기이한 행차에 대해 여러 견해들이 있지만, 이렇다 할 정설은 없다. 위 노래는 그 여러 번 중 어느 때인가 히토마로도 동행하여 지은 노래가 될 것이다. 특히 38번, 39번 노래는 히토마로의 천황에 대한 사상성이 잘 표현되어 있다. 장가 모두에서는 천황이 요시노산에 궁을 짓고 높은 곳으로 올라가 내려다보는 구니미(國見)를 읊고 있다. 구니미란 군주가 높은 곳에서 천하를 두루 내려다보며 나라의 안녕을 살펴보는 것으로 이른 봄 행해지는 연례행사이다. 이 구니미에 산신, 강신이 공물을 바치고 있는 것이다. 이런 자연신까지 천황에게 복속한다는 것이니 천황찬미의 표현으로서는 최고이다. 실제 천황의 행차에 임해

그 지방민이 그에 대한 복속의 의미로서 찬미가나 풍속의 가무를 연주하고 폐백을 바치는 습속이 있었다. 이런 문화적인 사항을 히토마로는 천황찬미의 염으로서 노래 속에서 잘 소화시키고 있다. 특히나 고래로부터 산은 신들이 하늘에서 내려오거나 거주하는 신성한 공간이었다. 그런데 그 산이 천황에게 공물을 바친다고 하는 것이니, 그야말로 기발난 의인법이다.

천황 이카즈치 언덕에 행차하실 때, 가키노모토노아소미 히토마로가 지은 노래 1수(天皇の雷岳に御遊しし時、柿本朝臣人麻呂の作る歌一首)

67 대왕은 신이라서 하늘 구름의 이카츠치 언덕에다
암자를 짓고 계시는구나. (3·235)
大王は神にしませば天雲の雷の上に廬りせるかも

위, 어느 책에서 말하길, 오사카베 왕자에게 바쳤다고 한다. 그 노래는, '대왕은 신이시라서 구름이 숨는 이카즈치 산에다 어전을 만드시고 계십니다'이다.

권3의 권두가인 위 노래는 지토 천황이 이카즈치 언덕으로 행차할 때 히토마로가 부른 노래이지만, 밑에 있는 주에 의하면, 오사카베 왕자에게 바쳤다고도 되어 있다. 오사카베 왕자(?~705)는, 덴무 천황의 4왕자, 혹은 9왕자라고도 한다. 왕자는 1972년 나라현 다케치군 아스카마을에서 발견된 다카마츠고분(高松塚古墳)의 피장자(被葬者)로도 추정되고 있으나 이 고분을 다케치 왕자라고 보는 이설도 있다.

노래의 원문을 보면 다음과 같다.

天皇御遊雷岳之時柿本朝臣人麻呂作歌一首

皇者 神二四座者 天雲之 雷之上介 盧爲流鴨

右、或本云、獻忍壁皇子也。其歌曰、

王 神座者 雲隱 伊加土山介 宮敷座

내용으로 들어가기 전 일단 검토해야 할 것은 위 노래의 원문에 '황(皇)'이라고 표현되어 있는 부분이다. 현대

주석서들은 이 부분을 대개 '천황'으로 읽고 해석하고 있지만, 만엽의 원문을 살펴보면, 노래의 원문 어디에서도 '천황'이라고 표기되어 있지 않으므로 여기서는 '대왕'으로 해석한다. 일반적으로 '대왕은 신이시기에'라는 표현은, 임신란의 승리자인 덴무 천황에게 처음 붙인 찬미의 표현이다. 그래서 노래에서의 천황을 덴무·지토 양 천황을 생각할 수 있으나 히토마로의 작품이라서 지토 천황으로 이해하는 것이 일반적이다. 나아가 이 표현은 덴무 왕자들의 위광을 칭송하는 구로서도 쓰였다.

대왕은 신이라서 이카즈치 언덕 위에다 암자를 만드신다라고 장중한 어조로 이카즈치에 임시궁을 만드신 왕의 위광을 찬양하고 과장한 노래이다. 천자의 위대한 덕을, '신이라서 신의 힘을 발현시키기 위한'이라는 표현은 천자가 곧 신이라고 믿고 있는 실제라면 오히려 불충한 일일 것이다. 의도적으로 믿게끔 유도하려는 것에서 절대적인 신이 아닌 인위적이고 작위적인 신관이 보인다.

이 이카즈치 언덕은 실제 기요미하라궁에서도 후지와라궁에서도 불과 얼마 떨어지지 않은 거리에 있다. 그러기에 굳이 이곳에 임시궁을 지을 이유가 없어 노래에서 부르는 임시궁이 무엇을 뜻하는지는 사실 잘 모른다. 그렇기는 해도 히토마로에 의해 와카 속에서 인위적으로 만들어진 천황신관이 오히려 그 뒤 문화 속으로 깊이 들어가 일본문화의 한 부분을 형성하였다고 볼 수 있다. 이처럼 그 시원적 표현세계의 창조자로서 히토마로는 역할을 하고 있었다.

오미의 황폐한 도시를 지날 때, 가키노모토노아소미 히토마로가 지은 노래(近江の荒れたる都を過ぐる時、柿本朝臣人麻呂の作る歌)

68 우네비산 가시와라에서 등극하신 진무 천황 때부터 (혹은 왈, 궁으로부터) 태어나신 모든 신들이 차례차례로 천하를 다스리시던 (혹은 왈, 다스리셨던) 야마토를 두고 나라산을 넘어서 어찌 생각하셨기 때문인가? (혹은 왈, 어찌 생각하셨던가?) 멀리 떨어진 시골 오미의 오츠궁에서 천하를 다스리시던 덴지 천황의 궁전은 여기라고 들었고 어전은 여기라 하건만, 지금은 봄풀이 무성하고 봄날 아지랑이가 그윽하여 (혹은 왈, 아지랑

이 그윽한 봄날인가? 여름풀이 무성히 나 있는) 궁터를 바라보니 슬프기만 하다. (혹은 왈, 바라보니 쓸쓸하기만 하다.) (1·29)

玉だすき 畝火の山の 橿原の 日知の御世ゆ (或は云ふ、宮ゆ) あれましし 神のことごと 樛の木の いやつぎつぎに 天の下 知らしめししを (或は云ふ、めしける) 天にみつ 大和をおきて あをによし 奈良山を超え、(或は云ふ、空みつ大和とおきあをによし奈良山越て) いかさまに 思ほしめせか (或は云ふ、おもほしけめか) 天離る ひなにはあれど 石走る 近江の國の ささなみの 大津の宮に 天の下 知らしめしけむ 天皇の 神の尊の 大宮は こと聞けども 大殿は ここと言へども 春草の 茂く生ひたる 霞立ち 春日の霧れる (或は云ふ、霞立ち春日が霧れる夏草が茂くなりぬる) ももしきの 大宮所 見れば悲しも (或は云ふ、見ればさぬしも)

반가(反歌)

69 사사나미의 시가의 카라갑은 옛날과 다름없는데, 그 옛날 궁정인의 배는 아무리 기다려도 다시 볼 수 없네. (1·30)

70 여전히 시가의 큰 바다 물굽이는 출렁이고 있지만, 옛 사람을 다시 만날 수 있으랴. (일설에, 만나리라 생각할 수 있으랴.) (1·31)

ささなみの志賀の(一に云ふ、比良の) 大わだ 淀むとも 昔の人にまたも會はめやも (一に云ふ、會はむと思へや

해석과 감상

위에서도 잠시 언급한 것같이, 히토마로의 노래가 여태까지의 주가(呪歌)로서의 성격을 종언시키고 새로운 시를 탄생시켰다고 하는 특질을 이 '오미황도가'(권1·29~31)는 잘 보어준다. '오미의 황폐한 도시'는 덴지 천황이 연 오미오츠궁(近江大津宮)의 폐허를 말한다. 이 궁은 사람들의 반대를 무릅쓰고 나카노오에 왕자(후의 덴지 천황)가 아스카에서 천도하여 즉위한 곳이다. 히라연봉(比良連峰)·히에잔(比叡山)·이부키산(伊吹山) 등으로 둘러싸어 있고 아름다운 비와호수 서남안에 자리 잡고 있다. 대륙적인 문물이 갖추어진 시대였으나 천황 즉위 후 불과 4년 만인 671년, 덴지 천황이 붕어하기 직전 화재를 입는다. 게다가 임신란 후, 수도를 다시 야마토로 옮기는 바람에 황폐해져 버린다. 임신란 이후 지토 천황의 치세말년까지는 25년간의 간격이 있다. 히토마로는 대체적으로 지토제 시대의 가인이므로 이 노래가 만들어진 것은, 그 사이, 아니 좀 더 빠른 임신란 후의 어느 시기일 것으로 여겨진다.

그 동기에 대해서는 두 가지 설이 있다. 하나는, 690년 4월 13일 즉위 직전 갑작스레 서거한 전 황태자(쿠사카베 왕자)의 1주기가 오미지방 수후쿠지(崇福寺)에서 열렸을 때와 관련되어 있다고 보는 설이다. 그 불회에 참석차 가는 도중, 임신란 후 황폐해져 버린 오미 구도시의 지령을 위로하고 애도하기 위해, 주가를 읊으라는 명에 따라, 오미황도지에 서서 읊은 노래라는 것이다. 혹은 두 번째로 호수 동쪽 연안 와니촌(和邇村) 아자오노(字小野)에 식내사(式內社) 오노신사(小野神社)가 있어, 와니(和邇)·오노(小野)·가스가(大春日)·후루(布榴)·아와타(粟田)·가키노모토(柿本) 등 동족의 씨족신[氏神]을 모시고 있다. 춘추

두 번의 제례 때 친족들이 모이는데, 이 제례에 히토마로도 참가하여 돌아가는 길목에 오츠를 들렀던 것이 제목의 '지나갈 때'일 것이다라고 보는 설이다.

둘 중 어느 것이 계기가 되어 그쪽을 지나가게 됐는지 정확히는 알 수 없다. 다만 당시의 궁정 분위기와 히토마로의 위치, 잡가로 분류되어 있는 것을 감안하면, 후자 쪽으로 해석하는 것이 더 적합할 듯 싶다. 지토 천황은 후에 덴무 천황이 되는 오아마 왕자의 비(妃)로서 임신란 전부터 오아마 왕자와 행동을 함께 했었다. 임신란에 이겨 왕자가 즉위하여 그녀도 왕후가 되나 실제론, 덴지 천황의 딸이기도 하고 오토모 왕자의 이복누나이다. 남편과 부친(실제로는 이복동생 오토모 왕자)이 싸운 곤혹스런 혈육전에 이겼기는 하나, 아버지가 구축한 오미오츠궁은 폐허가 된 것이다. 남편의 뒤를 이어 즉위한 지토 여제는, 아버지 덴지 천황과 그 오미오츠궁에서 출사하고 흩어졌을 오토모 왕자 이하 사람들의 영을 위로하고 그들 혼을 진정시키고자 히토마로로 하여금, 이 노래를 부르게끔 한 오미진혼가(近江鎭魂歌)로 보는 것이 일반적일 것이다. 옛 도시의 지령을 위무한다는 의미는, 그 도시에서 비롯된 저주가 다음 대의 천황으로 기대되는 쿠사카베 왕자의 아들 가루 왕자(문무 천황) 위에 미치지 않도록 하는 것일 테다.

노래는 구도지에 서서 그 황폐해진 것에 대해 비참함을 느낀 후, 예전의 '사사나미 대궁'의 환영이 '빈터'로 변한 이미지를 장중하고 장대하게 읊고 있다. 이로써 오랫동안 잊혀지고 버려져서 황폐해져버린 구도의 지령을 위로하고 애도한다. 히토마로는 장가 모두에서 1대 진무(神武) 천황 때로부터, 뒤 이은 역대 천황 모두가 야마토지방에서 도시를 영위했다고 읊는다. 그 전반부 제1부는, 말미에서 '천하를 다스리시더니'의 '더니'의 굴절감을 매개로 전반부 제2부로 들어간다. 전반 제2부에서의 '어찌 생각하셨기 때문인가'는, 일견, 덴지 천황의 오미천도를 의아스러워하며, 그것을 오츠궁 황폐의 한 원인이라고 원망하듯이 보인다. 그러나 이는 만가의 상투적 사장으로 의문이나 비판 없이 슬픔과 한탄의 울림을 더하는 효과가 있다. 즉, 여기까지가 주가로서의 본래의 의도에 따른 전개인 것이다.

그 뒤 노래는 주제로 들어간다. 전반부 제1부부터 제
2부에 걸쳐서 점차로 부상해 온, 만가의 상투적 발상은
그대로 연장되어, '사사나미 대궁' 환상이 '빈궁' 이미지로
장중하고 장대하게 읊어진다. 그러나 예상은 완전히 무
너져 버린다. '덴지 천황의 궁전은 여기라고 들었고'라는
구에서 보이는 직선적이고 발전적인 기운은, '어전은 여
기라 하건만'의 굴절로 절단된다. 마침내는 '빈터' 이미지
를 갖는 '사사나미노 오츠궁'의 '대궁'과 '어전'의 환상이
'지금 봄풀이 무성하고 봄날 아지랑이가 그윽하여'라는
눈앞 현실에 의해 덮어져 감춰져 버리고 만다. 나아가 '궁
터를 바라보니 슬프기만 하다'라고, 처절하게 깨어져버린
슬픔에 잠겨 있는 상실한 히토마로의 모습만이 남는다.

장가 말미에서 드러난 히토마로의 이러한 비애는, 그
뒤 두 수의 반가에서 더욱 더해진다.

반가 30번 노래의 '그 옛날 궁정인 배는 아무리 기다려
도 다시 볼 수 없다'와 31번가의 '옛 사람은 다시 만날 수
있으랴, (아니 이제 만날 수 없구나)'에서는, 천황의 영을 태
우고 사자의 세계로 저어가는 '오미(궁정인을 실은) 배'가,

다시 이 '시가의 카라갑'에 저어 돌아오는 것을 기대하고 있다. 또 믿는다는 고대적 주술성이 엿보이나 그런 고대적 초시간성의 행복은 이미 없는 것이 된다. 그야말로 의심할 바 없는, 가버린 사람도 흘러간 때도 다시 이 현재로는 되돌릴 수 없다는, '죽음과 역사의 자각'을 불러일으킨다. 이 '오미황도가'와 함께 오미지방에 대한 노래로 히토마로는 다음 한 수를 남기고 있다.

가키노모토노 아소미 히토마로의 노래 1수(柿本朝臣人麻呂の歌一首)

> **71** 오우미바다(비와호수) 저녁물결 위에서 지저귀는 물떼새여, 네가 울면 마음도 우울해져서 옛 일이 생각난다. (3·266)
>
> 近江の海 夕浪千鳥 汝が鳴けば こころもしのに いにしへ思ほゆ

해석과 감상

앞의 두 구가 '네가 울면'이라고 체언으로 수식하며 풍경을 묘사한다. 뒤이은 두 구의 운율이 대상의 움직임과 슬픈 심정을 그려 잘 대비되고 있다. 고래로 새는 혼을 옮기는 영물로 여겨져 왔다. 히토마로는 물떼새를 통해 누구를 그리고 있는 것일까? '저녁파도에 뛰노는 물떼새(夕浪千鳥)'라고도 해석되는 앞 두 구는 그 정경이 눈에 선하게 그려지는 아름다운 시어이다.

3) 오츠 왕자(大津皇子)와 오쿠 공주(大伯皇女)

일본인이 사랑하는 『만엽집』 **제10번째** 노래는, 다음 오쿠 공주가 부른 노래 2수 중 105번 노래이다.

오츠 왕자가 몰래 이세신궁으로 내려가 상경하실 때 오쿠 공주가 만든 노래 2수(大津皇子の窃かに伊勢神宮に下りて上り來ましし時、大伯皇女の作りませる歌二首)

> **72** 내 님을 야마토로 보내고 나니 어느새 밤은 깊어져
> 새벽 이슬에 나 홀로 젖어 있네. (2·105)
> わが背子を大和へ遣ると　さ夜ふけて　曉露にわが立ち濡れし

해석과 감상

'오츠 왕자'는 덴무 천황의 제3왕자이다. 어머니는 덴지 천황의 딸이며 지토 여제의 언니인 오타 공주(大田皇女)다. 663년 태어나 683년 21세 나이에 조정 정무에 참가하고, 686년 10월, 덴무 사후 한 달도 안 되었을 때, 모반을 일으켰다. 오츠 왕자는 쿠사카베 황태자를 위협할 정도로 문무에 뛰어나서 모든 사람들의 지지가 두터웠다고 한다. 한시 작가로서도 유명하다. 한시집 『회풍조(懷風藻)』에 그의 풍모와 뛰어난 노래들이 수록되어 이를 잘 나타내준다.

몸집이 크고 늠름한 용모에 인품이 빼어났다. 어려서부터 학문을 좋아했으며 박학하고 시문을 잘 지었다. 장성해서는 무술을 사랑했으며 힘이 세고 검을 잘 썼다. 성격이 호탕해서 법규에 구애받지 않았다. 고귀한 몸이지만 자기를 낮추니 많은 사람이 의지하며 따랐다. 당시 신라의 중 행심(行心)이란 자가 있어, 천문 점술에 도통했다. 왕자에게 "태자님의 골상은 보통 신하의 상이 아니라서 이러한 관상으로 오랫동안 신하의 자리에 있으면 몸을 다하지 못해서 결국 반역하게 됩니다"라고 하며 선동했다. 왕자가 행심의 유혹에 마음이 미혹되어 마침내 궤를 벗어나 반역하게 되니 아, 애석하도다. 그는 훌륭한 재능을 품고 있으면서도 충효의 길을 벗어나 신체를 보전치 못하고 나쁜 행심을 가까이 해서 마침내는 능욕을 당하고 자결했다. 옛사람이 교제를 신중히 하라는 뜻은, 이 사건을 생각해보면 의미심장하다. 이때 그의 나이는 24세였다.

오츠 왕자는 덴무 천황이 사망한 후 25일 째인 686년 10월 3일, 모반죄로 처형된다. 24세였다. 실제로는 역모를 꾸몄다고 보기보다는 지토 여제의 계략이라고 사가들은 보고 있다. 여동생인 오쿠 공주(大来皇女)는 앞에서도 언급했듯이 661년 백제와 신라의 전쟁에서 사이메이 천황이 모두를 이끌고 백제를 구원하러 서쪽으로 가는 도

중, (어머니 오타 공주 〈지토 여제의 언니〉와 아버지 오아마 왕자 〈뒤의 덴무〉) 히젠(備前)의 오쿠(大伯) 바다에서 태어났다. 675년 14세로 사이구(齊宮: 신에게 봉사하는 공주)로 이세 신궁에 임하게 되고 오빠인 오츠 왕자가 처형되자 686년 11월 해임되어 12년 만에 수도로 돌아온다. 이때의 나이 26세. 이 노래가 만들어진 것은 오츠 왕자의 모반이 발각된 9월 24일에서 10월 2일 체포된 날까지의 사이이다. 아스카에서 이세까지는, 매우 엄준한 산을 끼고 수백 킬로미터 떨어져 있어 왕복하는 데 만 5일 걸렸다. 이 시기에 부른 노래로 노래의 내용에서는, 될 수 있다면 가게 하고 싶지 않은, 그러나 보낼 수밖에 없는 그 어쩌지도 못하는 슬픔과 불안한 심경이 잘 배어나 있다.

4) 시키 왕자(志貴皇子, 668?~716)

현대 일본인이 사랑하는 『만엽집』 노래 **제2위**는 다음 시키 왕자가 읊은 기쁨의 노래이다.

시키 왕자의 기쁨의 노래 1수(志貴皇子の懽の御歌一首)

해석과 감상

권8의 권두를 장식하는 노래이다. 시키 왕자는, 덴지 천황의 아들로, 나라시대 말에 즉위한 제49대 고닌(光仁) 천황의 아버지이다. 『만엽집』에 6수 수록되어 있고 어느 것도 뛰어난 노래이다. 겨울잠에서 마침내 봄을 맞아 바위 위로 힘 좋게 솟아올라 흐르는 물에서 고사리의 싹도 나온다. 밝은 봄을 맞은 기쁨이 경쾌한 어조로 잘 표현되어 있다. 겨울잠의 생활이 길고 험할수록 봄의 도래는 커다란 기쁨이다. 일설에, 무언가 경사스런 일을 봄에 빗대어 읊은 노래라는 견해도 있다. 봄을 읊는 데 있어 고사리를 든 점이 특이하다. 사람들은 강이 이향(異鄉)에서의 신령스러운 힘을 옮겨온다고 믿었다. 나아가 폭포는 떨어져 내려오는 저편이 보이지 않기 때문에 이향을 상상하는 데 더 적합하고 그 격한 음이나 튀는 포말에서는 영위의 깊이까지 느낀다. 이러한 까닭에 폭포와 고사리를 이향의 영위물로 여겼다.『만엽집』1번가 유라크 천황의 노래에서도 나타나듯이 옛부터 좋은 봄날에는 나물을 캐서 먹는 들놀이 행사가 있었다. 지금은 정월에 7개 풀로 쑨 죽을 먹는다. 싱싱한 봄나물을 먹음으로써 봄기운과 힘을 몸에 부착해서 한 해의 건강과 안녕을 기원하는 것이다. 이 노래도 단순한 서경가라고 하기보다는, 이같은 의미의 들놀이 행사에서 읊어진 것이 아닐까? 여하튼 그 여부는 정확히 알 수 없지만, 단지 노래 속에서는 봄내음이 시청각에 생생하게 와닿고 있는 것만은 사실이다.

4. 제3기(最盛期2)
나라 천도, 710〜733

710년 헤이조경 천도로부터 733년까지의 20여 년간으로 나라시대 전기에 해당한다. 외국과의 교류가 빈번하여 개화의 기운이 넘치고 와카도 세련되어져서 지적이고 개성적이며 섬세해져 가는 만엽가풍의 최성기이다. 대표 가인은, 인생의 고민과 하층계급에게 따뜻한 시선을 쏟은 야마노우에노 오쿠라로, 이제까지의 가인들과 노래의 세계를 달리하는 유교와 불교에 밑바탕을 둔 사상가인이다. 또 자연 풍경을 그려내는 듯한 서경가인으로 불리는 야마베노 아카히토가 있다. 그는 아즈마지방이나 기·요시노 등을 여행하면서 객관적이고 청징한 세계를 읊었다. 또 이 시기의 문화환경을 만든 장본인 오토모노 다비토가 있다. 그는 술이나 여행 등의 풍류에서 서정이 넘치는 장가를 읊고 있다. 또 쓰쿠시 지방에 가단을 형성하여, 한적·불전 지식을 풍부하게 섞어 노래하였다. 다비토는 야마노우에노 오쿠라와도 밀접한 관계를 맺고 있으며, 제4기의 중심인물로서『만엽집』에서 빼놓을 수 없는 인물의 한 명인 오토모노 야카모치의 아버지이다. 그 외 다카하시노 무시마로(高橋虫麿)는 전설을 소재로 독자적인 장가를 노래했다. 여성으로서는 제1기의 누카타노오키미와 쌍벽을 이루는 야카모치의 숙모 오토모노 사카노우에노 이라츠메(大伴坂上郎女)를 들 수 있다.

1) 오토모노 다비토(大伴旅人, 665~731)

다비토는 나라시대 초기의 정치가이자 가인으로 아들이 오토모노 야카모치이다. 714년 부친 야스마로가 사망하고 718년 중납언(中納言)에 임명된다. 720년 야마시로(山背) 섭관이 되며 그 후 하야토(隼人)를 처벌하는 지절(持節) 대장군으로서 하야토 반란을 진압한다. 진키연간(神龜年間, 724~729)에는, 다자이부(太宰府) 장관으로 규슈의 다자이부로 부임, 야마노우에노 오쿠라와 함께 쓰쿠시가단(筑紫歌壇)을 형성한다. 730년 대납언(大納言)으로 임명되어 수도로 돌아오고, 다음 해 731년 67세 나이에 종2위로 승진한 후 얼마 안 돼 병사한다. 정치적으로는 비주류인 나가야왕(長屋王)파에 속한다. 이에 관한 정쟁은 아들 야카모치의 운명에도 영향을 미치게 된다.『회풍조』에 한시가 있으며,『만엽집』에도 78수 남기고 있다. 노래의 대부분은 다자이부 장관 임관 이후의 것으로 이 중 다음의 '찬주가(讚酒歌)' 13수가 유명하다.

다자이장관 오토모경의 술을 찬미하는 노래 13수(大宰帥大伴卿讚
酒歌十三首)

75 쓸데없는 생각 따위에 빠지지 말고 탁주 한 잔 마시
는 게 낫다. (3·338)

験なきものを思はずは 一坏の濁れる酒を飲むべくあるらし

76 술 이름을 성인이라 붙인 옛날 대성인의 말이 얼마
나 좋은 것인가. (3·339)

酒の名を聖と負せし いにしへの大き聖の言のよろしさ

77 옛날 중국의 죽림칠현들도 탐했을 것은 분명히 술
이었을 것이다. (3·340)

いにしへの七の賢しき人たちも 欲りせしものは 酒にしある
らし

78 잘난 체하는 것보다도 술 마시고 취해 있는 것이 더
낫다. (3·341)

賢しみともの言ふよりは 酒飲みて醉泣するしまさりてある
らし

79 뭐라 해도 어쩔 수 없을 정도로 지극히 존귀한 것은 술이다. (3·342)

言はむすべ爲むすべ知らず 極りて貴きものは酒にしあるらし

80 어중간한 인간으로 있지 말고 차라리 술항아리가 되어버리고 싶다. 그렇다면 술에 완전히 젖어 있겠지. (3·343)

なかなかに人とあらずは 酒壺に成りにてしかも酒に染みなむ

81 정말 보기 싫다며 잘난 듯 술 마시지 않는 사람들을 잘 보면 원숭이 같다. (3·344)

あな醜 賢しらをすと 酒飲まぬ人をよく見れば 猿にかも似る

82 더할 나위 없는 가치의 소중한 보물이라고 해도 어찌 탁주 한 잔보다 나을 수 있겠는가. (3·345)

価無き宝といふとも 一坏の濁れる酒に あにまさめやも

83 밤을 비추는 옥이라 해도 마음이 치유되는 술에 비
할 바가 못 된다. (3·346)

夜光る玉といふとも　酒飮みてこころをやるにあにしかめ
やも

84 세상 유흥 도의 즐거움으로서는 술 취해서 우는
것이 최고다. (3·347)

世間の遊びの道にすずしきは　醉泣するにあるべかるらし

85 금세에 즐거울 수 있다면 내세에는 벌레나 새라도
나는 되겠다. (3·348)

この世にし樂しくあらば　來む世には　虫に鳥にもわれはなり
なむ

86 생자는 마침내는 죽을 것이니 이 세상에 살아 있는
동안에는 즐기고 싶다. (3·349)

生ける者つひにも死ぬるものにあれば　この世なる間は樂し
くをあらな

해석과 감상

이것들은 다비토의 작품 중에서 가장 유명한 노래들로
그가 다자이부에 있었을 때의 작품이다. 다비토는 727년
말이나, 728년 초 다자이부 장관이 되어 규슈로 부임한
다. 이때의 나이는 63, 4세였다. 다자이부 장관취임은 좌
천인사는 아니다. 다만 727년 9월 후지와라부인 고묘시
(光明子, 고묘 황후)에게 모토이 왕(基王)이 태어나고, 11월
에는 태자로 세워져 후지와라씨족은 환희에 싸여 있었다.
이러한 때 규슈로 내려가는 것이라서 이와 반대파인 다비
토에게는 더할 나위 없이 착잡한 심경의 시기였다. 게다
가 착임 후 얼마 되지 않아 임지에서 사랑하는 아내(오토
모노이라츠메)를 잃었다.(728년경으로 추정된다.) 또 729년
2월 따르던 나가야 왕 사건으로 그가 실추되고 반대세력
인 무치마로의 대납언 취임, 고묘시가 왕후로 추대된 일

같은 잇따른 일들은 다비토를 더욱 실망스럽게 했을 것이다. 고향을 그리워하고 늙음을 한탄하며 죽은 아내를 그리는 노래가 자주 읊어진 것은 이러한 배경에서였다. 찬주가도 이때 부른 노래로 추정된다. 그 자신도 이후 병으로 중태에 빠진다. 그 옛날 임신란에서는 가문의 마구타(馬來田)·미유키(御行)·후케이(吹負)·야스마로(安麻呂) 등이 군공을 높여 미유키·야스마로는 대납언까지 올라갔었다. 그러나 다비토 시대에는, 이미 후지와라노 가마타리·후히토 부자가 천황가와 밀접하게 연결되어 있어, 정계의 거두로서 후지와라가문이 세력을 착실하게 넓히고 있던 시대였다. 그는 이에 부흥하지 못하고, 저들 후진에게 밀리는 실의의 가문이 되었던 것이다.

찬주가 13수는 하나의 주제를 두고 유기적, 조직적으로 배열된 대표적 '연작(連作)'이라고 할 수 있다. '연작'이란 이토 사치오(伊藤左千夫)가 근대단가의 방법으로서 제창한 용어다. 앞서도 언급하였듯이 착임 후 얼마 되지 않아 아내를 잃은 것과 주류가 되지 못하는 정치적 사건들도 당연히 그 심사에 반영되었을 것이다. 이들 찬주가는 술로 인한 흥분을 찬미하는 것이 아니라, 역으로 술이 인생의 우울함, 속수무책 함을 잊게 하여 마음을 한때나마 달래준다는 것으로 그 기능을 노래하고 있다. 곧 술 덕을 칭송하는 점이 주목된다. 다비토는 중국의 노장적인 자유로운 사상이나 체제이탈자들의 경우를 들어 스스로의 고민을 토하고 있다. 당시의 야마토 시가창작의 기반인 사회환경에 있어 이처럼 음주와 인생관의 표명을 결부시켜 노래하는 선례는 없었다. 고대사회에 있어 술은 줄곧 신과 사람 사이를 연결시켜주는 신성한 음료였기 때문이었다.

이 당시에는 이미 청주도 있었으나 다비토는 의도적으로 탁주를 들어 13수의 첫 모두에서 자신의 복잡한 심경을 '탁주'에 의탁해 표현했다. 다비토 자신은 어느 쪽인가 하면, 술에 취해 이성을 잃거나 하는 부류라고 하기보다는 효염이 없는 생각에 빠지거나 혹은 잰 체하는 지식인이었을 것이다. 노래 전체로서는, 음울한 생각에 빠진 다자이부 장관이 그의 염세관을 표명했다는 인상이 강하다. 오토모노 다비토는, 『만엽집』에 70여 수를 남기고 있다. 노래들에서는 대범하고 민감하며 풍아풍류의 애호가로서, 그의 노래에 흐르는 서정성이 명문 귀공자로서의 청명한 인격을 잘 드러내고 있다. 이 찬주가는 제목과는 정반대의 분위기를 띠고 있다.

2) 야마노우에노 오쿠라(山上憶良, 660~733?)

660년에 태어나 733년 약 74세에 사망했다고 추정된다. 출생지는 모른다. 그는 701년 아와타노 마히토(粟田眞人)를 우두머리로 하는 견당사일행에 소록(少錄)으로 참가한다. 다음 해 도당(渡唐)하고, 귀국은 704년 혹은 707년이라고 한다. 721년 동궁시강(東宮侍講, 뒤의 쇼무 천황)이 된다. 이 무렵 옛노래를 모은 가집『루이쥬가린(類聚歌林)』을 편찬한 듯하다. 한문에 대한 소양이 깊고 유불사상에도 해박한 당대 일류의 지식인이었다. 젊은 시절에 대해선 잘 알려지지 않았으며, 726년 67세에 지쿠젠군수(筑前國守)로서 쓰쿠시(筑紫, 후쿠오카현)에 부임한다. 그 다음 해 같은 시기 다자이부 장관으로 부임해 온 오토모노 다비토와의 교유를 통해서 수많은 와카·한시문을 만든다. 종5위하로, 731년 72세 무렵 귀경하며 그 뒤는 그에 관한 기록이 없다.

오쿠라의 작품영역은 다기에 걸쳐 있어,『만엽집』에 장가 10수, 단가 63수, 선두가 1수, 한시 2편, 한문으로 그 인생을 서술한 평론문 1편, 한시·장가 등에 덧붙여진 한문으로 쓰여진 서문 8편이 있다. 오쿠라의 작품은 그 대부분이 지쿠젠군수 취임 후, 그것도 728년부터 만년 6년 사이에 만들어진 것이다. 이런 것들은 쓰쿠시에서 다자이부 장관 오토모노 다비토와의 만남에서도 촉발되었을 것이다.

중국에는, 문인이기도 한 관리가 스스로의 뜻을 시부(詩賦)에 의탁해서 상관에게 개진하는 '술지'라는 전통이 있다. 오쿠라는 그 전통을 배운 것으로, 오쿠라작품의 특징은, 이 '술지(述志)'문학이라는 성격에 있다. 견당사의 일원으로서 당나라에 갔다온 오쿠라가 체득한 것은 단순히 대상에 대한 스스로의 영탄이나 감동을 나타내는 것에 머물지 않고, 자신의 사상이나 뜻을 표하여 지적·인간적인 문학세계를 그려내는 데 있다.

'근상(謹上: 삼가 올림)'이라는 좌주를 가진 오쿠라의 작품 대부분은 다자이부 장관 오토모노 다비토에게 헌납

한 것이다. '야마노우에노 오쿠라 돈수근상(山上憶良頓
首謹上)'이라는 좌주를 가진, '빈궁문답가(貧窮問答歌)'(권
5·892·893)는 츠쿠시에서 귀경한 후의 노래라서 실제는
누구에게 '근상'된 것인지는 미상이다.

'빈궁문답'은, 문자 그대로 극빈자와 빈자 간에 이야기
를 주고받는 형식으로 가난에 대한 고통을 노래한 것이
다. 이는 이제까지의 일본 노래에서는 생각할 수 없던 소
재와 형식의 문학이다. 동시에 용어, 문체 면에서도 현실
적이고 구어적이며 산문적이다. 빈궁이라는 인사적, 사회
적인 문제를 주제로 문학이 완성된 것은 이 시대에 있어
참으로 특이한 일이다. 오쿠라에게는 그 외 자녀들에 대
한 사랑, 아들의 죽음, 인생의 무상함, 자신의 병과 늙음
등에 대한 비탄을 그린 사상성이 풍부한 와카 다수가 있
다. 현존하는 오쿠라의 모든 작품이 『만엽집』에 수록되어
있다. 『만엽집』 전 시인들 중에서 가장 개성적이고 괴팍
한 존재라서 오쿠라는 백제 도래인이다라고 하는 설이 유
력하다. 그가 당시 중국문학의 자극을 받아 급속한 발전
과 과감한 실험을 거듭하던 시기에 독특하게도 유교 도덕

을 강조한 와카를 쓴 것도 또한 특징적이다.

아이들을 그리는 노래 1수 서문과 함께(子等を思ふ歌一首 幷序)

부처님이 그 존귀하신 입으로 바르게 설파한 것으로 '평등하게 중생을 생각하는 일은 내 아이 나후나(羅睺羅)를 생각하는 것과 같다'고 하셨다. 또 설파한 바로 '사랑이란 아이에게 베푸는 사랑보다 뛰어난 것이 없다'고 하셨다. 이렇게 무상의 지극한 대성인조차, 역시 아이를 사랑하는 마음이 있었던 것이다. 하물며 이 세상 일반 사람들에게 있어 어느 누가 아이를 사랑하지 않을 수 있겠는가?

88 오이를 먹으면 아이가 생각나고 밤을 먹으면 더욱 더 아이가 그리워진다. 대체 아이는 어디에서 온 것일까? 눈앞에 아른거려서 도무지 잘 수 없다. (5·802)

瓜食めば 子ども思ほゆ 栗食めば まして偲はゆ 何處より 來りしものぞ 眼交に もとなかかりて 安眠し寝さぬ

반가 (反歌)

해석과 감상

아이를 생각하는 이 노래는 지쿠젠 군수였던 오쿠라가
728년 가마군(嘉摩郡)에서 찬성한 작품의 하나이다. 율령
관인으로 관하를 순시하면서 '마음의 번민을 깨우치는 노
래'(5 · 800, 801) '세상 속에서 살기 어려운 것을 슬퍼하는
노래'(5 · 804, 805)와 함께 쓴 것으로 후일, 다자이부 장관
이며 문인인 다비토에게 보낸 것인 듯하다. 제목 다음에
서문을 두고 있다. 오쿠라의 장가나 한시에 이러한 서문
이 붙은 노래가 많은 것은 중국의 시서에서 배운 것이다.
내용도 불전이나 한문서적에 의한다. 장가는 '오이를 먹
으면 아이가 생각나고'라며 생활에서 가까운 소재를 취해
아이에 대한 애정을 잘 빗대고 있다. 반가에서는, '금은옥'
이라는 귀한 보석도 아이에게는 미치지 못한다고 노래하

고 있다. 803번가는 21세기 현대 일본인이 사랑하는 『만엽집』 노래의 **제9위**에 있는 작품이다.

세상 살기 어려움을 슬퍼하는 노래 1수 서와 함께(世間の住り難き를 哀しぶる歌一首 幷序)

생기기 쉽고 떨치기 어려운 것은, 8대의 신고(생고·노고·병고·사고·애별이고·원증회고·구불득고·오음성고)이다. 이루기 어렵고 다하기 쉬운 것은 인생 백 년의 즐거움이다. 이 일은 옛사람이 한탄한 바로 지금 세상 사람도 똑같다. 그래서 노래를 만들어 백발이 섞이게 된 늙음의 한탄을 떨쳐버리려고 한다. 그 노래.

易集難排八大辛苦 難逐易盡百年賞樂 古人所歎今亦及之 所以因作一章之歌 以撥二毛之歎 其歌曰

90 인간 세상에서 어쩔 수 없는 일은 다음과 같다. 우선 세월은 물 흐르듯 사라져 간다. 그 뒤를 쫓아 여러 가지로 압박해 온다. 소녀들이 소녀다운 행동으로 외래

구슬을 손에 끼고(혹은 서로 흰 소매를 흔들며 교환하고 빨간 치맛자락을 끌고라는 책도 있다), 서로 손잡고 놀았을 왕성한 때를, 그대로 멈출 수가 없어 그때를 놓쳐 보내 버리니, 검었던 머리에 어느덧 서리가 내린 것일까, 아름다운 홍안에는 언제 주름이 생긴 것일까. (일설에, 언제나 있었던 웃음진 얼굴과 눈썹에 핀 꽃이 사그라지듯이 지나가 버리고 말았다. 인생이란 실로 이러한 것인 듯하다.) 또, 대장부인 사내다운 행동이라고 해서 검을 허리에 차고 수렵화살을 손에 쥐고 강아지 등에 일본 전래의 안장을 놓고 그것을 타고 놀았던 인생은 영원히 그대로 있을 것인가. 소녀들 침소의 판자문을 밀어 열고 그 곁으로 가까이 다가가 옥과 같은 손을 뻗어 함께 잔 밤은 얼마 안 되는데 이젠 손지팡이를 허리에 대고 저쪽으로 가면 사람들에게 경원되고 이쪽으로 가면 사림에게 미움을 받는, 노인이란, 완전히 이런 존재인 듯하다. 목숨은 안타깝지만 어찌할 방도도 없는 일이다. (5·804)

世間の すべなきものは 年月は 流るるごとし とり續き 追ひ來るものは 百種に せめ寄り來る をとめらが をとめさびすと 唐玉を 手本に卷かし 或いはこの句、白たへの袖ふりかはし 紅

の赤裳裾引きといへるあり 同輩子らと 手携りて 遊びけむ 時
の盛りを 留みかね 過しやりつれ 蜷の腸 か黑き髮に 何時の間
か 霜の降りけむ 紅の 一に云はく、丹の穗なす 面の上に いづ
くゆか 皺が來りし 一に云はく、常なりし笑まひ眉引咲く花の
移ろひにけり世間はかくのみならし ますらをの 男さびすと
劍太刀 腰に取り佩き 狩弓を 手握り持ちて 赤駒に 倭文鞍うち
置き はひ乘りて 遊びあるきし 世間や 常にありける をとめら
が さ寝す板戸を 押し開き い辿り寄りて 眞玉手の 玉手さし交
へ さ寝し夜の いくだもあらねば 手束杖 腰にたがねて か行け
ば 人に厭はえ かく行けば 人に憎まえ 老男は かくのみならし
たまきはる 命惜しけど せむすべもなし

반가(反歌)

91 반석처럼 이대로 있고 싶지만 세상일이라서 멈추게
할 수가 없다. (5·805)

常磐なすかくしもがもと思へども 世の事なれば留みかねつも

728년 7월 21일, 가마군에서 찬정하였다. 지쿠젠군수 야
마노우에노 오쿠라.

92 비바람이 불며 눈보라치는 밤은, 주체치 못할 정도로 추워서 덩어리진 굵은 소금을 조금씩 핥으며 술막지를 푼 더운 물이나마 마시나 자꾸만 기침이 나오고 콧물을 훌쩍거린다. 그러면서도 제대로 나지도 않은 수염을 쓰다듬으며 나 외에 사람다운 사람은 없겠지 하고 혼자나마 자꾸 우쭐대고 있지만 추워서 정신을 차릴 수가 없다. 삼베로 된 소매 없는 옷을 있는 대로 겹쳐 입어도 추운 겨울밤이니 하물며 나보다 가난한 사람의 부모는 배고파 떨고 있겠지. 처자들은 흐느끼며 울고 있겠지. **이럴 때 너는 어찌 살아가고 있는가? 세상이** 넓다고는 하나 나에게만 좁은 것인가. 태양이나 달이 밝다고들 하나 날 위해서는 비추어 주지 않는 것일까? 세상 사람들이 모두 다 그런 것인가. 나만 그런 것인가? 우연히 인간으로 태어나 다른 사람과 다름없이 나도 농사를 지었는데도 솜도 넣지 않은 소매 없는 옷으로 마치 바닷말처럼 찢어져 조각난 누더기만을 어깨에 걸치고 있네. 짓눌리고 기울어진 조그마한 집구석에서 땅바닥에 바로 짚을 깔고 어버이는 내 베

갯머리 쪽에서 아내나 자식들은 내 발 밑쪽으로 빙 둘러앉아 한숨 지며 신음하고 있네. 부엌은 연기도 내지 못하고 밥솥은 거미가 줄을 진 채 밥 짓는 것도 잊어버리고 호랑지빠귀 새처럼 힘없이 신음하고 있는데 '가뜩이나 짧은 끝을 또 잘라낸다'는 속담처럼 회초리든 촌장은 자는 데 와서 호통을 치네. 이렇듯 어쩔 수 없는 것인가? 이 세상을 살아간다는 일은. (5·892)

風交じり 雨降る夜の 雨交じり 雪降る夜は すべもなく 寒くしあれば 堅塩を 取りつづしろひ 糟湯酒 うちすすろひて 咳かひ 鼻びしびしに しかとあらぬ 髭かきなでて 吾をおきて 人はあらじと 誇ろへど 寒くしあれば 麻衾 引き被り 布肩衣 ありのことごと 着襲へども 寒き夜すらを 我よりも 貧しき人の 父母は 飢ゑ寒ゆらむ 妻子どもは 乞ふ乞ふ泣くらむ この時は いかにしつつか 汝が世は渡る 天地は 廣しといへど 吾がためは 狹くやなりぬる 日月は 明しといへど 吾がためは 照り給はぬ 人皆か 吾のみや然る わくらばに 人とはあるを 人並に 吾も作るを 綿もなき 布肩衣の 海松の如 わわけさがれる かかふのみ 肩にうちかけ 伏盧の 曲盧の内に 直土に 藁解き敷きて 父母は 枕の方に 妻子どもは 足の方に 囲みゐて 憂へ吟ひ 竈には 火氣ふき立てず 甑には 蜘蛛の巣かきて 飯炊く ことも忘れて 鵼

鳥の 呻吟ひをるに いとのきて 短き物を 端切ると 言へるがご

とく 楚取る 里長が聲は 寢屋處まで 來立ち呼ばひぬ かくばか

り すべなきものか 世間の道

93 세상이 괴롭고 힘들다 해서 어딘가로 날아가 버릴

수도 없다. 새가 아니라서. (5·893)

世間を憂しとやさしと思へども 飛び立ちかねつ 鳥にしあら

ねば

야마노우에노오쿠라 돈수(頓首) 삼가 바치다.

해석과 감상

이 노래는 『만엽집』 권5의 배열에서 보아 아마도 731년

7월 이후, 733년 3월까지 사이의 작품으로 보인다. 이 무

렵 오쿠라는 치쿠젠 군수의 임무를 다 마치고 귀경해 있을

때이다.

'빈궁문답'은 앞에서도 언급한 바처럼 이제까지의 일본

노래에서는 생각할 수도 없던 소재와 형식의 문학이었다.

또 동시에 용어·문체면에서도 현실적, 구어적, 산문적인 것으로 빈궁이라는 인사적, 사회적인 문제를 주제로 문학으로서 완성하고 있다. 빈자의 슬픔을 읊은 이 작품은, '가난한 사람(빈자)'과 '나보다도 더 가난한 사람(극빈자)'이 '빈궁'에 대해서 문답하는 형식을 취하고 있다. 한 사람의 작자에 의한 창작문답가라는 형식은, 작자가 의인화된 '빈'과 문답하는 양웅(楊雄)의 '축빈부(逐貧賦)'나, '형(形, 육체)', '영(影, 影法師, 그림자)', '신(神, 情神)'의 삼자가 문답하는 형식을 취하는 도연명의 '형영신병서(形影神並序)' 등의, 중국문학 형식에서 배운 것일 터다.

장가는, 모두의 '바람이 불고 비가 내리는 밤'으로부터 '이럴 때 너는 어찌 살아가고 있는가?'까지는 빈자의 질문이고, '세상은' 이하가 극빈자의 답으로 반가도 답으로서 덧붙여져 있다. 추운 밤에, '자꾸 기침이 나오고 콧물을 훌쩍거리는' 이 '빈자'는 단순히 농민이라고만은 생각되지 않는다. '제대로 나지도 않은 수염을 쓰다듬으며 나 외에 사람다운 사람은 없겠지, 하고 혼자나마 자꾸 우쭐되고 있지만'의 표현에서는, 유교논리에 기대며 살고 있는 하층관리, 혹은 일찍이 하층 관리였으나 지금은 은퇴하여 더욱 세상의 빈곤을 통감하는 사람, 나아가 그에는 오쿠라 자신의 형편조차 느낄 수 있다.

이에 대해, ‘극빈자’는 일찍이 국내순찰을 통해 자주 오쿠라의 눈에 비친 농민에 대한 현실적 모습의 투영이라고 생각된다. 이 ‘극빈자’는, ‘빈자’와 같은 인격의 고결함을 자부하는 것으로 현실의 ‘빈’에 대항하려는 일도 없이, ‘부엌은 연기도 내지 못하고 밥솥은 거미가 줄을 진 채 밥 짓는 것도 잊어버리고 호랑지빠귀 새처럼 힘없이 신음하고 있’을 뿐이다. 그런데도 거기다가 세를 거둬들이기 위해, ‘회초리를 든 촌장은 자는 데 와서 호통을 친다’는 것이다. 궁핍을 그 극한까지 몰아가고 있다. 자신과 빈자의 생활을 응시하면서 이 세상의 모순을 지적하고 있는 것이다.

그러나 노래의 말미에서, ‘극빈자’의 탄식과 ‘빈자’의 비탄은 그 울림이 겹쳐, ‘이렇듯 어쩔 수 없는 것인가. 이 세상을 살아간다는 일은’이라며 한탄하고는 단가에서 체념하듯 읊조린다. ‘세상이 괴롭고 힘들다고 해도 어딘가로 날아가 버릴 수도 없다. 새가 아니라서….’ 그야말로 비참과 슬픔 그 자체이다.

3) 서경가인 야마베노 아카히토(山部赤人, ?~736?)

『만엽집』 제3기의 가인으로 생몰년 미상이다. 제45대 쇼무조(聖武朝, 724~749)를 대표하는 궁정가인으로서 장가 13수, 단가 37수, 계 50수를 남기고 있다. 36가선의 한 사람이다. 『고금집』의 가나서문에서는, 그를 가키노모토노 히토마로와 함께 가성이라 하고 있다. 작가연대가 명기된 것은, 724년부터 738년까지로 그는 특히 서경가로 뛰어나다. 대개 인사보다는 자연의 아름다움과 맑음을 많이 읊었다. 스스로의 주관을 조용히 대상에 침투시켜 그곳에서 청명·우미한 세계를 구성하고 온아한 서정을 띠고 있는 것에서, '자연가인', '서경가인'이라 불린다. 그가 관명에 따라 동쪽 지방으로 향한 것은 분명한 사실로 다음의 후지산을 바라보며 읊은 노래가 특히 유명하다.

야마베노스쿠네 아카히토가 후지산을 바라보며 부른 노래 1수
및 단가(山部宿祢赤人、不盡山を望る歌一首 短歌を幷せたり)

94 천지가 개벽할 때부터 높고 고귀하고 숭고한 수루
가에 있는 후지산 높은 봉우리를 저 멀리 뒤돌아
서서 올려다보니, 하늘을 건너는 태양도 숨고 빛나
는 달빛도 보이지 않으며 산에 가로막혀 흰 구름
은 머뭇거리고 늘 눈이 내리고 있네. 구승되어 언
제까지나 전해질 것이다, 이 후지산 높은 봉우리는.
(3·317)
天地の 分れし時ゆ 神さびて 高く貴き 駿河なる 富士の高嶺
を 天の原 振り放け見れば 渡る日の 影も隠らひ 照る月の 光
も見えず 白雲も い行きはばかり 時じくぞ 雪は降りける 語
り継ぎ 言ひ継ぎ行かむ 富士の高嶺は

반가(反歌)

95 다고 해안으로 나와 저 멀리 바라보니 후지산 높은
봉우리에 새하얗게 흰 눈이 내렸다. (3·318)
田子の浦ゆうち出でて見れば 眞白にぞ富士の高嶺に雪は降
りける

장가는 신답게 숭고하고 웅대한 후지산을 노래하여 후대로 전승해가는 후지찬가의 고전이다. 야마토 산하에 익숙한 아카히토가 동쪽을 다 돌고난 후에 마주하게 된 흰 눈의 후지산 풍경에 감탄하는 모습이 잘 그려져 있다. 천지개벽의 옛날을 장중하게 표현하면서, 일월운설(日月雲雪)을 배치하여 그 웅대함과 숭고함을 계속해서 전승해가자고 하고 있다. 극히 관념적, 의례적인 발상이다. 이에 대해, 반가인 318번가는 서경가로서 면모가 잘 드러나 있다. 이 노래는 일본인이 사랑하는『만엽집』노래 **제5위**에 오른 것이다. '다고 해안'은 현 후지강 서쪽 시즈오카현 이하라군(庵原郡)의 간바라(蒲原) 일대의 해안을 말한다. 후 시대의 후지산 노래는 이 노래를 약간씩 변용해서 읊고 있다. 그만큼 많은 영향을 주었지만 노래의 격조는 만엽의 이 노래가 최고다.

일반적으로 그의 장가는 유형적·관념적이라고 지적된다. 특히 다음에 든 725년 요시노(吉野從駕詠) 장가(권6·923)에 이르러서는, 히토마로의 요시노 행차시의 노래

(권1·36·38)로 경사가 보여져, 이 때문에 '모방귀신 아카히토'라고도 칭해진다. 다음은 그를 모방귀신이라고 불리게 하는 노래이다.

야마베노스쿠네 아카히토가 만든 노래 2수 단가와 함께(山部宿祢赤人作歌二首 幷短歌)

96 팔방을 통치하시는 나의 대왕이 높이 다스리시는 요시노궁은 몇 겹이나 겹겹이 푸른 산에 둘러싸여 있고 강 물결이 맑고 깨끗한 곳이다. 봄에는 꽃이 만발하고 가을이 되면 안개가 자욱하다. 이 산처럼 점점 겹치고, 이 강처럼 멈추는 일 없이 궁정인은 항상 드나들 것이다. (6·923)

やすみしし わご大王の 高知らす 吉野の宮は たたなづく 青垣隠り 河波の 清き河内ぞ 春ばは 花咲きををり 秋されば 霧立ち渡る その山の いやますますに この川の 絶ゆることなく ももしきの 大宮人は 常に通はむ

반가 2수 (反歌二首)

해석과 감상

아카히토의 장가는 히토마로처럼 긴 장편이 없다. 어
떤 장가도 대단히 짧고 단정하다. 궁정의례가라고 불리
는 이 노래는 히토마로의 형식을 모방한 듯하다. 앞에서
도 언급한 히토마로의 요시노찬가 38번 노래 '…파란 울
타리처럼 겹겹이 연이은 산들, 그 산신이 바치는 공물로
써 봄에는 꽃을 머리에 꽂고 가을이 되면 울긋불긋 물든
단풍잎으로 장식한다. 산 따라 흐르는 강신도 수라로 바

치려고 상류에는 그물을 치고 하류에는 망태를 친다.…'
라는 부분과, 아카히토 923번가 '…몇 겹이나 겹겹이 푸
른 산에 둘러싸여 있고 강 물결이 맑고 깨끗한 곳이다. 봄
에는 꽃이 만발하고 가을이 되면 안개가 자욱하다.…'를
나열해 보면, 아카히토의 수사에는 단순히 히토마로의 구
를 모방한 것을 뛰어넘어 새로운 풍경의 서정이 있다. 히
토마로의 작품이 어디까지나 천황찬가를 위한 요시노찬
미인 것에 대해, 아카히토의 것은 천황찬가라는 의식은
장가에는 비치지만, 반가에서는 완전히 자연만을 멋지
게 관조하고 있다. 제1수는, 주관을 나타낸 말을 사용하
지 않고 정확히 사생하고 있다. 청징한 마음속에서 산 사
이의 나뭇가지를 마음에 떠올리며 새의 지저귀는 소리를
듣고 있다. 세부에 스며들어 자연스럽게 천지의 적막함
과 맞먹고 있다. 늦은 밤을 읊은 듯한 제2수는 노래의 의
미가 한눈에 드러난다. 물떼새 소리에 귀를 기울이면서
맑은 강물을 마음에 떠올리고 있다.

해석과 감상

아카히토는 후기로 갈수록 실제적인 풍경을 있는 그대로 읊은 것이 아니라 우미한 세계를 창조해 내려는 작위적인 태도를 보인다. 위 노래가 그 좋은 예로, 이러한 아카히토의 후기 작품에 대해 오리구치 시노부(折口信夫)는 '미를 위해 자연을 개조하고 때로는 미를 위해 생활을 위장하고 있다'고까지 평하고 있다.

4) 전설가인·여행가인 다카하시노 무시마로(高橋虫麿)

다카하시노 무시마로는 『만엽집』 제3기의 가인으로 생몰년 미상이다. 『만엽집』 내 서명가로서는, 732년 서해도 절도사로 파견된 후지와라노 우마카이(藤原宇合)에게 보낸 장가 1수, 단가 1수가 있고 그 외 '다카하시노 무시마로 노래 중에서 나옴(高橋連虫麿之歌中出)' 및 '다카하시노 무시마로가집 중에서 나옴(高橋虫麿歌集中出)’이라 좌주에 기록된 장가 13수, 단가 18수, 선두가 1수가 더 있다. 무시마로의 작품은 권9에 집중 수록되어 있다. 단가 19수 중, 독립한 단가는 3수뿐이고 나머지 16수가 장가에 부수된 반가인 것에서, 그를 ‘장가가인’이라고 한다. 또, 무시마로의 장가에는, 미즈노에노우라시마노코(水江浦島子)·가츠시카노마마노오토메(勝鹿眞間娘子)·우나이오토메(菟原處女) 등, 전설을 소재로 한 것이 많아서, 『만엽집』 중 특이한 ‘전설가인’이라고도 불린다.

위에서 보듯 무시마로는 후지와라노 우마카이와 친근한 관계에 있었던 것 같다. 719년 안찰사(按察使)로 아와(安房)·가즈사(上總)·시모우사(下總, 지바현)를 관할하는, 히타치군수 후지와라노 우마카이의 속관으로 있었다. 이 시기, 무시마로는 우마카이 밑에서 『히타치지방풍토기』를 편찬했던 것으로 추정된다. 주목할 것은 이 풍토기 편술의 중앙관명 중에, ‘옛부터 전래된 전승의 보고’라고 되어 있는 한 항목으로 전설가인, 무시마로도 이와 관련되었다고 추정한다.

무시마로는 또 '여행가인'이기도 했다. 그 행보는, '후지산을 읊은 노래(不盡山詠)'를 제외하면, 히타치지방을 중심으로 무사시(武藏, 도쿄도)·시모우사·가즈사 3지방에 걸친 지역, 나니와궁을 중심으로 코치(河內)·세츠(攝津, 현 오사카부)·야마토(大和, 현 나라현) 3지방에 걸친 지역의 두 지역으로 집중하고 있으며 그 세츠지방 스미노에(住吉)에서 무시마로는 다음의 '미즈노에노우라시마노코의 노래'를 읊고 있다.

미즈노에노우라시마노코를 읊는 1수와 단가(水江の浦嶋の子を詠む
一首 幷短謌)

100 흐린 봄날, 스미요시 해안으로 나와 낚싯배가 흔들거리고 있는 것을 보니 옛일이 생각난다. 미즈노에의 우라시마노코는 가다랑이를 낚고 도미를 낚아 우쭐해져서 7일이나 집에 돌아오지 않았다. 바다 경계를 넘어 저어가다 바다신의 딸과 우연히 만난다. 서로 결혼 이야기를 나누고 동의하여 약속을 굳히고 도코요국에 도착한다. 바다신 궁안 울타리의 훌륭한 궁

전에 들어가 서로 손을 마주 잡으며 나이도 들지 않고 죽지도 않으며 오랫동안 있을 것이었다. 그러나 세상에서도 어리석은 우라시마노코는, 바다신의 딸에게 고한다. "잠시 집에 가서 부모님에게 일의 차제를 이야기하고 내일이라도 돌아오겠소"라고 하자 아내는 "다시 이 불로불사의 선경으로 돌아와서 지금처럼 만나고 싶다면 이 상자를 결코 열어서는 안돼요"라며 금기를 더한다. 스미요시로 돌아온 우라시마노코는 자기 집을 보려고 하나 집이 보이지 않고 살고 있던 마을도 어딘지 알 수 없어 이상하게 생각한다. 집을 떠난 3년 새 울타리도 집도 전부 없어진 것일까, '혹시나 이 상자를 열어 본다면 원래대로 집이 나타나지 않을까'라고 생각하여 그 상자를 조금 열어보니 순간 흰 구름이 상자에서 나와 선경 쪽으로 퍼져 우라시마노코는 달리고 외치고 소매를 흔들며 뒹굴기도 하고 발을 끌다 홀연 정신을 잃고 만다. 팽팽하던 피부도 순간 주름져 버린다. 검던 머리도 하얗게 돼버리고 숨까지도 끊어져 마침내 죽어 버린다. 미즈노에노우라시마노코의 집이 있던 마을이 보인다.

(9·1740)

春の日の 霞める時に 墨吉の 岸に出でゐ而 釣船の とをらふ

見れば いにしへの ことぞ思ほゆる 水江の 浦島の子が 堅魚

釣り 鯛釣り誇り 七日まで 家にも來ずて 海界を 過ぎて漕ぎ

行くに 海神の 神のをとめに たまさかに い漕ぎ向ひ 相誂ひ

こと成りしかば かき結び 常世に至り 海神の 神の宮の 内の

への 妙なる殿に 携はり 二人入り居て 老いもせず 死にもせ

ずして 永き世に ありけるものを 世の中の 愚人の 我妹子に

告げて語らく しましくは 家に歸りて 父母に ことも語らひ

明日のごと われは來なむと 言ひければ 妹がいへらく 常世

辺に また歸り來て 今のごと 會はむとならば この櫛笥 開く

なゆめと そこらくに 堅めし言を 墨吉に 歸り來りて 家見れ

ど 家も見かねて 里見れど 里も見かねて 怪しみと そこに思

はく 家ゆ出でて 三年の間に 垣も無く 家失せめやど この箱

を 開きて見てば 本の如 家はあらむと 玉櫛笥 少し開くに 白

雲の 箱より出でて 常世辺に 棚引きぬれば 立ち走り 叫び袖

振り こいまろび 足ずりしつつ たちまちに こころ消失せぬ

若かりし 肌も皺みぬ 黑かりし 髪も白けぬ ゆなゆなは 息さ

へ絶えて 後つひに 命死にける 水江の 浦嶋の子が 家所見ゆ

반가(反歌)

해석과 감상

장가(권9·1740)는, '흐린 봄날, 스미요시 해안으로 나와 낚싯배가 흔들거리고 있는 것을 보니 옛일이 생각난다'라고 앞부분에서 노래하고 있다. 주인공 '미즈노에노우라시마노코'는 다랑어와 도미를 낚아서 득의양양해진 젊은 어부다. 그는 멀리 바다 끝으로 가 바다신의 딸을 만나 거북이 등을 타고 용궁으로 간다. 도코요궁전에서 환영을 받고 두 사람은 즐겁게 지내며 나이도 들지 않고 죽지도 않는 긴 세월을 보낸다. 그러다 이 세상 일이 궁금해서 돌아온 우라시마노코는 불과 3년 새의 일이라고 생각했는데 집도 마을도 모두 없어져 있었다. 그만 초조해져서 용궁을 나올 때 결코 열어 보지 말라고 당부를 받은 상자를 열어본다. 그러자 흰구름이 도코요 쪽으로 날리게 되고 순

식간에 나이를 먹고 죽어버렸다는 이야기다.

이와 비슷한 이야기는 다른 문헌에도 보이는데, '유랴키(雄酪紀)' 22년조 '가을 7월, 단바지방(丹波國) 요사군(余社郡)의 츠츠카와(筒川) 사람, 미즈노에노우라시마노코, 배에서 낚시를 하다 마침내 큰 거북을 잡는다'고 보이며, 그 외 이야기는 일본 각지에 있는 용궁전설의 하나로 많은 일본 설화의 모티브가 된다. 『일본서기』, 『단고지방풍토기』, 『만엽집』 권9, 『오토기조시(御伽草子)』, '츠루가메(鶴龜)'의 주인공일 뿐 아니라 현대 요코하마시(橫浜市) 가나가와구(神奈川區)에 전해지는 이야기, 오키나와(沖繩)에 전해지는 이야기 등이 있다.

일련의 우라시마노코 이야기의 기본이 되는 요소는, 동물보은·용궁행·보지 말라는 것에 대한 금기를 깬 일이다. 위 노래에서는 교훈적인 동물보은 요소는 볼 수 없다. 다만, 바다 신을 제사하고 험한 바다를 생활의 장으로 한 사람들이 희망하는 꿈은, 불로불사의 세계에서, 복덕을 가진 아름다운 처녀를 얻어 즐겁고 풍요롭게 생활하는 일이었을 것이다. 이러한 동경의 세계를 바다 저 멀리

에 있는 이상향 도코요국으로 상정해서 맘껏 공상한 것
이 된다.

5. 제4기(爛熟期)
733～759

　제45대 쇼무 천황 시대의 759년까지 약 25년간으로 나
라시대 중기에 해당한다. 덴표문화가 정점에 달한 시기이
나 율령제가 막다른 골목에 부딪혀 격한 정권다툼으로 사
회불안도 큰 시기이다. 와카의 세계에서도 공적인 장가
는 사라지고 사적인 증답이나 연석에서의 유희적, 기교적
인 시교의 도구가 되어 유형화 경향을 보인다. 즉, 발상이
나 표현이 고정되며 기교를 꾀하려고 한다. 나아가 제3기
의 대표 가인인 다비토의 아들 오토모노 야카모치의 노래
에는 중고시대의 칙찬와카집 『고금집』으로의 추이를 예
감케 하는 섬세한 감성이 엿보인다. 그 외 가사노 이라츠
메(笠郎女), 오토모노 사카노우에노 이라츠메, 다치바나노

모로에(橘諸兄), 나카토미노 야카모리(中臣宅守), 사노노 오토가미노오토메(狹野弟上娘子), 유하라왕(湯原王) 등이 있다.

이러한 중앙과는 달리, 멀리 떨어진 동쪽 지방민중이 사랑과 노동을 노래한 아즈마노래(東歌, 권14)와 동쪽 지방에서 규슈북부 주변의 방비로 징용된 병사들의 이별이나 망향의 염을 노래한 사키모리노래(防人歌, 권20)도 이 시기의 노래이다. 아즈마지방의 방언을 쓰고 생활에 밀착된 소박한 정감이 넘치는 노래의 세계는 궁정가인의 노래와는 다른 작풍이 보인다.

1) 귀공자 오토모노 야카모치(718?~785)

『만엽집』 제4기를 대표하는 가인이다. 오토모노 다비토의 장남으로 718년 태어나(이설도 있다), 785년 68세로 사망한다. 이 시기를 대표하는 여류가인 오토모노 사카노우에노 이라츠메는 숙모이다. 738년 10월 17일, 우도네리(內舍人)인 야카모치는 우대신 다치바나노 모로에의 장남 나라마로(奈良麿)의 집 연회에 초대된다. 다치바나 집안에

친교 있는 사람들과 섞여, 일족인 오토모노 이케누시(大伴池主), 동생인 후미모치(書持)들과 함께 노래를 읊는다. 이후 다치바나노 모로에·나라마로 부자와 친교를 더해 우대를 받게 되나, 이 일은 후에 나라마로의 실각으로 인해 야카모치의 운명을 크게 어긋나게 하는 원인이 된다.

가인으로서의 야카모치는 섬세 우미한 작풍으로, 장가 46수, 단가 431수를 합해 집 중 최다인 470여 수를 남기고 있다. 더욱, 『만엽집』 후반의 4권(17~20)은, '야카모치가권(家持歌卷)'으로 체재를 이루고 있다. 또 그는 『만엽집』 편찬에도 관여한 주요 인물이다.

야카모치가 그 가경에 있어 일대진전을 보인 것은 746년 엣츄군수로 북쪽 지방에서 보낸 6년의 연월에 있어서이다. 그를 기다리고 있던 것은 어둡고 슬프고 추운 북쪽 지방의 자연이었고 충실한 부하들이었다. 다음 노래는 그 시절의 노래 몇 수이다.

750년 3월 1일 저녁 무렵, 정원의 복숭아·자두꽃을 바라보며 만든 노래 2수(天平勝宝二年三月一日の暮に、春の苑の桃李の花を眺矚めて作る歌二首)

해석과 감상

권19의 권두에 있는 '750년 3월 1일 저녁 무렵, 정원의 복숭아·자두꽃을 바라보며 만든 노래 2수'의 제1수 째는 무척 아름다운 노래다. 야카모치가 엣츄로 부임하여 4년째 되는 봄 3월 1일은 양력으로는 4월 11일에 해당한다. 이 무렵이 되면, 북쪽 지방에도 봄은 한꺼번에 찾아든다. 노래는 봄 정원의 복숭아꽃의 다홍과 그 옆 길가를 걸어

가는 붉게 물든 소녀의 뺨과 잘 조응하고 있다.

이 작품은 『만엽집』에서도 후기에 속하는 것으로 2구 4구 끊기인 '만엽조'와, 1구·3구 끊기인 '고금조'의 소위 과도기적 작품이다. 봄날 정원은 선명하다. 붉디 붉은 색으로 아름답게 피어 있는 복숭아꽃이여, 그리고 그 꽃 빛이 붉게 비치고 있는 길옆으로 나서고 있는 불그스름히 뺨이 물들여진 소녀의 모습이다.

23일, 흥을 일으켜 만든 노래 2수(二十三日、興に依りて作る歌二首)

104 봄 들녘에 안개가 자욱하니 왠지 슬픈 생각이 드는데 저녁놀에 휘파람새 울어대는구나. (19·4290)
春の野に霞たなびき うら悲し この夕かげに 鶯鳴くも

105 정원 대나무 숲으로 바람소리가 아련히 들려오는 저녁이로다. (19·4291)
わが宿のいささ群竹 吹く風の音のかそけきこの夕かも

25일, 만든 노래 1수(廿五日、作る歌一首)

화창한 봄날 저녁이 저물 듯 말 듯할 무렵 종다리가 마침 울고 있어 왠지 슬퍼지는 마음은 노래를 부르지 않으면 씻겨지지 않을 것 같다. 그래서 이 노래를 만들어 맺혀 있는 마음을 토한다. 실제 작자명은 적혀 있지 않으나 이 권19 속에 작자 이름을 적지 않고, 단지 연월과 장소와 유래만을 기록한 것은 모두 오토모노 야카모치가 만든 노래이다.

해석과 감상

엣츄군수였던 야카모치는, 751년 7월 소납언(少納言)으로 임명되어 귀경한다. 쇼무 천황은 와병 중이었으나 이미 여러 난관을 극복한 노사나 대불 주조를 끝내고, 하치만대신(八幡大神)을 그 수호신으로 하여, 752년 4월 9일, 대망의 개안회가 성대하게 개최된다. 소납언 야카모치도 참가했을 것이나 기록에는 보이지 않는다. 이 무렵 야카모치의 마음은 채워지지 않은 무엇이 있었다.

권19의 권말에는, 이제까지와는 달리 비애의 정조가 흐르고 있다. 귀경한 야카모치는, 좌대신 다치바나노 모로에의 고희 축하연 후, '흥이 나 만든 노래 두 수'를 남기고 있다. 753년 2월 23일 흥에 의해서 먼저 2수를 만들고, 25일에 뒤 1수를 만든다. 좌주에는 봄의 우수를 씻는 노래라고 기록되어 있다.

2월 23일은 양력으로는 4월 1일경에 해당한다. 이 무렵이면, 북쪽 지방 엣츄와는 달리 수도 나라는 이미 화려한 계절 속이었을 것이다. 그러나 야카모치는 화창한 봄과는 달리 나라의 자택에서 정원 대나무 잎에 스치는 희미한 소리에 귀 기울이고 있다. 그 청아하고 '희미한' 음에 푹 빠져 있는 것이다.

23일 만든 두 수에서는, 밝고 화창한 날 저녁놀의 빛 속에서 왠지 슬픈 기운에 휘감겨 어찌 표현하기도 힘든 고독에 빠져 있는 모습이 그려져 있다. 봄 들판에 안개가 뻗어 있어 슬프다는 것이 아니다. 야카모치의 슬픔은, 저녁 안개와 함께 끝없이 뻗어 있었다. 이런 고독한 심사 속에서 두견새 소리를 들었던 것이다. 4291번가에서는, 정원에 조그맣게 무리지어 있는 대나무에 부는 희미한 바람 소리로써 정적이 잘 드러나 있다.

다음으로 25일 작품, 이 노래도 화창하게 비추는 봄날 두견새가 지저귀어서 슬프다는 것이 아니다. 역대 천황에게 충심으로 출사해 온 자랑스러운 오토모 집안 씨족의 우두머리로서, 때의 정치를 생각하며 일족이 쇠퇴해가는 기운에서 오는 깊은 슬픔인 것이다. 그 적막한 마음을 부추기는 두견새가 하늘 높이 오르고 있는 것이다.

경치와 서정이 잘 합쳐진 상징적인 작품으로 현대어로 해석하면 그 맛을 잃어버리게 되는 노래의 하나다. 당시 야카모치가 처한 정치적 상황 —야카모치의 비호자인 다치바나노 모로에, 나라마로 부자의 실권과 후지와라노 나카마로 대두의 조짐— 속에서 생긴 일체의 두려움을, 청

아한 소천지 속으로 스스로 침잠하면서 자못 잊어버리려
고 한 듯하다.

759년 봄 정월 초하루 이나바 지방 청사에서 지방 관리들에게
연회를 베풀 때 그 주연의 노래 1수(三年春正月一日、因幡國廳にし
て、饗を國郡の司等に賜ふ宴の歌一首)

> **107** 새로운 해 정월 초하루 오늘 내리는 이 눈처럼
> 앞으로 더욱더 좋은 일이 많이 쌓이길 바란다.
> (20·4516)
> 新しき年の始の初春の今日降る雪のいや重け世吉事

위 한 수는, 군수 오토모노 스쿠네 야카모치의 작품이다.

해석과 감상

『만엽집』 최 말미의 이 한 수는 759년, 이나바군수(因
幡國守)로서 국청에서 부하를 모아놓고 개최한 신년연회
의 영가이다. 이나바군수로 좌천되어 이곳에서 『만엽집』
대미를 장식하는 이 노래를 부른다. 노래에서의 '좋은 일'

이란 부하들에게 내리는 축사이기도 하지만 본인 스스로의 미래에 대한 불안에서 그 희망을 기탁한 것이라고도 할 수 있다. 이후 죽음에 이르는 26년간 노래를 전혀 남기고 있지 않고 종삼위 중납언(中納言)으로 죽는다. 후지와라씨 대두에 가려진 몰락해가는 옛 명문 오토모씨 집안의 우두머리로서 중책에 고민하였고 정치적으로도 불우한 생애였다.

이 노래는 현대 일본인이 사랑하는『만엽집』노래 **제3위**에 올라 있다.

2) 오토모노 사카노우에노 이라츠메(大伴坂上郎女)

제4기의 가인 중 오토모노 야카모치 외에 특히 두드러진 가인으로서는 사카노우에노 이라츠메를 들 수 있다. 일본 와카의 전통에서 여성의 힘이 컸던 것은 와카란, 무엇보다도 남녀의 사랑을 노래한 것이라서 당연한 일이다. 생몰년 미상인 사카노우에노 이라츠메는『만엽집』대표 가인의 한 명이라고 할 수 있다. 오토모노 야스마로(大伴安麻呂)와 이시카와우치노 묘부(石川內命婦)의 딸로, 야카모치의 아버지 오토모노 다비토의 이복누이이다. 『만엽집』에도 그 노래가 남아 있는 딸 오토모노 사카노우에노 오오이라츠메(坂上大孃)가 오토모노 야카모치와 결혼하므로 바로 야카모치의 숙모이자 장모가 된다. 뒤에 오토모 씨 일족을 통솔하고 가정을 돌보는 책임을 맡는다. 『만엽집』에는 장가와 단가를 합쳐 그녀의 노래 85수가 수록되어 있다. 제1기 누카타노 오키미 이후의 최대의 여성가인으로 많은 남성들과 주고받은 상문가를 남기고 있다.

오토모노 사카노우에노 이라츠메의 노래 6수(大伴坂上郎女の歌六首)

108 저만이 당신을 그리워하고 있네요. 당신이 그리워한다는 건 말로만 하는 위로겠죠. (4·656)

われのみぞ君には戀ふる わが背子が戀ふとふことは言のなぐさぞ

109 생각지 말아야지 하면서도 변하기 쉬운 연분홍색 같은 내 마음이네요. (4·657)

不念常 日手師物乎 翼酢色之 変安寸 吾意可聞

思はじと言ひてしものを 朱華色の移ろひやすき あが心かも

110 생각해도 소용이 없다는 걸 알면서도 어째서 이리

도 계속 그리워하는 것일까요. (4·658)

思へども驗もなしと知るものを なにかここだくあが戀ひ渡る

111 일찍부터 소문이 심하게 나 있으니 님이여, 앞으로

는 어찌할까요. (4·659)

あらかじめ人言しげし かくしあらばしゑやわが背子 奧も

いかにあらめ

112 당신과 나 사이를 사람들이 깨고 있다는 소문입니

다. 부디 내 님이여, 그들의 중상모략을 결코 듣지

마세요. (4·660)

汝をと吾をぞさくなる いで吾が君 人の中言 聞きこすなゆめ

113 애타게 그리워하다가 이렇게 만났을 때만이라도

사랑스런 말을 해주세요. 영원히 지속하고 싶으시

다면. (4·661)

戀ひ戀ひて會へる時だに 愛しき言盡してよ 長くと思はば

누구에게 보낸 노래인지 모른다. 이 6수 전체의 톤으로서는 애인에 대해, ‘아니, 사실 사랑하고 있는 건 나 혼자뿐이에요. 당신은 말로만이잖아요’라는 의심쩍은 어조이다. 남자의 소원함에 대한 원망과 그런데도 어쩌지 못하는 그리움이 일관되어 있다. 맨 마지막 노래 661번가는 일본인이 사랑하는 『만엽집』 노래 **제6위**로 그 내용의 솔직함과 가련함이 특히 인상적이다.

656번 노래는 평상시 애타게 그리워하다 비로소 겨우 만난 지금은 눈 깜짝할 사이에 지나갈 귀중한 한때인 것이다. 모처럼 만난 이때만이라도 진심 어린 성의의 말을 해줬으면 한다고, 상대에게 호소하고 있다. 잡기 어려운 추상적 사랑이 오래 지속되기 위해서는 의지와 성의가 수반되어야 한다. 그 의지의 하나가, 진심 어린 좋은 말로 표하는 것이고 그 진심이 상대에게 전해진다면, 더할 나위 없는 행복일 것이다. 일반적으로 남녀의 사이란 깨지기 쉬운 덧없는 것이라고 한다. 그런데 특히 여성은 믿기 어려운 남자의 성의에 기댈 수밖에 없는 처지에 있다. 그러한 연애의 불안한 마음이 잘 표현되어 있다.

이 노래들이 누구를 생각하며 지은 노래인지는 모르나, 사카노우에노 이라츠메가 자신의 딸인 오토모노사카노우에노 오토이라츠메(大伴坂上二嬢)를 대신해서 만든 노래일 것이라는 일설이 있다. 그래서 노래의 대상은 딸과 연애관계에 있었던 오토모노 스루가마로(大伴駿河麻呂)라고 보고 있기도 하다.

고대에는 연애관계의 성립과 유지에 와카가 큰 역할을 했다. 가요이콘(通い婚)이라는 고대 결혼형태로 인해 자식은 어머니가 키우고 있어 부양자인 어머니와 딸 관계는 특히 밀접할 수밖에 없었을 것이다. 어머니는 부양자이면서 동시에 외부로부터의 침입자인 구혼자들에 대해 철벽과 같은 방어를 했을 것이고, 딸의 연애문제에 대해서는 명문귀족일수록 감시의 눈도 심했을 것이다. 가문을 총괄했던 사카노우에노 이라츠메는, 자신의 딸 양육과 결혼에 대해 특히 주의를 들었을 것이다. 그녀의 딸들(오토모노 사카노우에노 오오이라츠메나, 그 동생 사카노우에노 오토이라츠메)에게 다가오는 남성들을 스스로가 선별하여 딸들에

게 지침을 주고, 이러한 사정에 미숙한 딸들을 대신하여, 위 노래 6수도 대신 만든 노래였을 거라고 보는 견해도 있다.

사카노우에노 이라츠메는, 일찍 어머니를 잃은 야카모치를 소년기부터 훈육하고는 자신의 큰딸 사카노우에노 오오이라츠메와 결혼시켜 정식 부인으로 삼게 했다. 그 야카모치가 문학사상 커다란 존재로서 위치하고 그녀 또한 한몫을 하니 이 사카노우에노 이라츠메가 후세에 남긴 영향은 참으로 크다.

3) 아즈마노래(東歌)

귀족층의 노래가 개성화되어 문예화·취향화의 경향으로 치달을 때, 이들과는 대조적으로 지역사회에 입각한 일상적인 생활과 생생한 정감, 그늘진 곳이 없는 감동을 특성으로 한, 집단성에 발판을 둔 민중의 민요적 가군(歌郡)이 있었다. 이것이 '아즈마노래'이다. 아즈마노래란, 아즈마 지방의 노래라는 뜻으로, 아즈마(지금의 동쪽지방 간토〈關東〉·도호쿠〈東北〉 지방에서 도카이〈東海〉까지 포함된다)

에서 전해지는 민중 사이에서 불려진 노래인 만큼 그 작자도 제작연대도 분명하지 않다.

'아즈마노래'는, 주로 권14에 수록되어 있으며 노래 수는 230수이다. 어느 지방의 노래인지 판명된 노래(감국가, 勘國歌) 89수와 불명의 노래(미감국가, 未勘國歌) 140수로 나뉘어 각각 잡가, 상문, 비유가로 구분해서 배열되어 있다. 미감국가가 포함되어 있는 것에서, '아즈마노래'란, 체계적, 집중적으로 수집된 것이 아니라, 현지가 아닌 곳에서 어느 정도의 세월에 걸쳐서 모았다는 것을 알 수 있으며, 그 수집 경로도 다종다양하다. 이에는 더욱, 동해(東海), 동산(東山) 양도의 '가도문학(街道文學)'으로서의 양상도 엿보인다. 아즈마노래의 많은 노래에서 상대시대의 동쪽 지방 방언이 읊어져 있다. 이 때문에 노래의 성립 연대나 작자의 출자, 기록의 경위가 일체 불명하다는 문제가 있음에도 고대 방언에 대한 구체적인 기록으로서 중요한 위치를 점하고 있다. 또 노래 수도 많다.

114 다마강에서 쬐이는 수제 옷감이 사각사각 어째서
이 아이가 이리도 사랑스러운가. (14·3373)
多摩川に晒す手作り さらさらに 何ぞこの子のここだかな
しき

해석과 감상

위 노래는, 궁정에 '조(調: 고대 세제에서 그 당의 특산품을
공진하는 것)'로서 헌상되는 '옷감을 햇볕에 쬐이는' 노동의
장에서 부른 노래이다. 노래가 읊어진 것은 현 도쿄도 쵸
후시(調布市) 다마강(多摩川) 주변이라고 추정된다. 짜서
물들인 옷감을 부드럽게 하기 위해 여인들은 살을 에이는
듯한 차가운 강물에 발을 담구고 헝겊을 밟아서 말린다.
여인들이 한순간이나마 이 노동의 고통을 잊어버릴 방도
가 있다면, 그것은 감미로운 사랑의 꿈에 취하는 일 외에
는 없었을 것이다.

제1구째 '다마강'에서 '졸졸졸' 울려 퍼지는 물소리, 제
2구째의 '쬐이다'의 표현, 제3구째의 강 흐름 사이에서 움
직이는 옷감의 시각적 형상에 점점 더해지는 사랑에 대한

그리움이 겹쳐진 '졸졸졸'의 표현—그렇게 맑게 흐르는 물을 막는 것은, 제4구째 이하의 '어째서 이 아이가 이리도 사랑스러운가'라고, 음미하는 데서 사랑의 마음이 실감나게 배어 있다. 긴 세월에 걸쳐 닦여온 민요조의 생생한 정감이 이곳에는 역력히 드러난다. 그러나 일반적으로 이 노래는 한 개인의 사랑에 대한 비탄이나 고민이 아니라 옷감을 널 때 부르는 민요라고 보고 있다.

> **115** 매일 벼를 빻느라 타버린 이 손을 오늘밤도 어전 젊은 주인이 잡아주시며 한탄하실 것인가. (14·3459)
>
> 稲搗けばかかる吾が手を 今夜もか 殿の若子が 取りて嘆かむ

해석과 감상

미감국가의 상문으로 이 중에서도 노동의 장에서 읊어진 듯한 유명한 노래 1수이다.

고대의 벼 수확은 그 이삭만을 취하는 것이었다. 이삭이 마를 무렵(늦가을에서 초겨울에 걸칠 무렵) 여인들은 쌀을 정미하기 위해 쌀겨를 빻기 시작한다. 추위가 심해질 무렵 여인들의 손은 심야에 걸친 가혹한 작업으로 터서 피가 맺힌다. 여인들은 질곡 속에서 벗어나기 위해 꿈을 꾼다. '아아 오늘밤도 양반댁 젊은 도령이 사람 눈을 피해 내 이 손을 잡고, "세상에 불쌍하게도…, 그대의 그 부드러웠던 손이 이렇게 망가져버리다니…"라며 나를 위해 한숨을 쉬어줄 것인가'라고 노래한다. 말 못할 아즈마지방 생활 실태가 서울 귀족층의 마음에 '동정'을 불러일으키는 것이다.

116 힘껏 껴안고 자도 아직도 부족한 기분이다. 아아, 나는 어찌하면 좋을까. (14·3404)

上野安蘇の眞麻群 かき抱き寝れど飽かぬを あどか吾がせむ

해석과 감상

노동의 장에 대한 실감은, 이처럼 때로는 남성의 진한 애정표현으로 노래에 등장한다. 고즈케지방(上野國) 소몽 22수 중 제3수째의 노래다. 거두어들인 무거운 마 다발을 양손으로 힘껏 들어 안는다. 그처럼 '당신을 이 가슴에 꼭 껴안고 자고 또 자도 질리지 않는다. 난 어찌하면 좋을까' 지금도 얼마든지 있을 법한 인간의 솔직함이 그대로 숨김 없이 드러나 있다.

4) 사키모리의 노래(防人歌)

사키모리노래란, 모든 지방의 '사키모리(대륙으로부터의 침공을 막기 위해, 대부분은 동쪽 지방에서 징발되어 북규슈 연안·이키〈壹岐〉·쓰시마〈對馬〉 등의 수비를 담당한 병사를 말한다. 영〈슈〉에는 3년을 1기〈期〉로 해서 교체한다는 규정이 있다) 및 그 처 또는 부모의 노래를 포괄한 가군을 말한다.

권13 노래나 권14에서도 소량 보이고, 권20 등 총 99수의 사키모리노래가 있다. 권20에는 '755년 2월 교체되어 쓰쿠시로 파견된 여러 지방의 사키모리들 노래'로서 84수 수록되어 있다. 제지방 사키모리 부령사(部領使: 사키모리의 우송을 책임진 사람)에게 명하여 기록·상진시킨 것이다. 권20 야카모치의 노래일기에 의하면, 그는 이들 노래들 중 졸렬가를 반수 가깝게(82수) 버렸다고 한다. 노래에 대해서는 작자명에서부터 출신 지방(지방에 따라서는 군명까지)까지 기록되어 있다. 나아가 『만엽집』에 채록됨에 따라 내용은 물론 만엽 가나(萬葉仮名) 표기에 이르기까지 상진 시 그대로 개변되지 않았을 가능성이 높아서 동쪽 지방 방언 자료로서의 가치는 아즈마 노래를 능가하는 것으로 평가되고 있다.

노래 내용은 사키모리들의 비극적인 슬픔과 그와 관련된 식구들의 비탄이 그려져 있고, 노래를 부르는 장(場)들이 잘 나타나 있다.

사키모리의 비극은 우선 연령이 적은 자들을 징용했다는 데 있다. '사키모리노래' 중 29수가 고향 부모를 그리고 있는 것도 이를 반증한다. 다음으로 임지로 향할 때는 부령시의 인솔에 의해서 안전한 여행이지만, 3년의 임무가 끝나거나 현지해산하게 되면 안전이 보장되지 않는다는 제도상의 문제도 있다. '사키모리노래'의 그 어느 것에서도 사랑하는 사람과의 이별을 고심하며 비탄하는 심정이 더할 나위 없이 소박한 표현 속에 흘러넘쳐 있어 읽는 자의 마음에 깊은 비애를 불러일으키는 것은 이 때문이다.

옷자락에 매달리는 아이들과 헤어지며 통곡하는 아비의 노래

117 옷자락에 휘감기며 우는 아이들을 두고 와 버렸다.
그 아이 엄마도 없는데. (20·4401)
唐衣裾に取りつき泣く子らを 置きてぞ來ぬや 母なしにして

위 한 수 국조 치이사카타군(小縣郡) 오사다노토네리오시마(池田舍人大嶋)이다.

남편이 사키모리로 징용된, 아내의 비탄의 영가

118 사키모리로 가는 것은 누구의 남편인가라고 묻고 있는 사람이 부럽다. 생각지도 못했는데 남편이 사키모리로 가야만 해서 가슴은 터질 듯하다. (20·4425)
防人に行くは誰が夫と 問ふ人を見るが羨しさ 物思もせず

119 아내가 나를 그리워하고 있는 것이 틀림없다. 꼭 묶어놓았던 끈이 풀어진 것을 보면…. (20·4427)
家の妹ろ我を偲ふらし眞結ひに結ひし紐の解くらく思へば

120 머리를 쓰다듬으며 무사하길 기원하던 부모님 말
을 잊지 못한다.(20·4346)
父母が頭かき撫で 幸くあれて 言ひし言葉ぜ忘れかねつる

2월 7일, 스루가지방 사키모리부령사 장관 종5위하 후세
노아소미 히토누시(布勢朝臣人主)가 실제로 헌상한 것은
9일이다. 노래 수는 20수. 다만 졸렬한 노래는 취하지 않
았다.

121 오늘부터는 뒤돌아보는 일 없이 대군의 추한 방패
로서 나는 나설 것이다. (20·4373)
今日よりは顧みなくて 大王の醜の御楯と出で立つ われは

위 한 수 카쵸 이마마츠리베노요소후(火長今奉部与曾布)
이다.

해석과 감상

이 노래들은 4373번가의 755년 시모쓰케지방에서 징집

된 가쵸 이마마츠리베노요소후가 읊은 노래를 비롯한 사키모리들 노래이다. 그런데 언뜻 보기에는 개개 사키모리의 노래가 가족과의 이별이라는 사적인 장을 기반으로 하는 듯이 보이나, 이 노래들은 권20의 755년의 공적인 '사키모리노래'가 분명하다. 지방별로 부령사의 손에 의해서 정리되어 진상됐다는 형식을 밟고 있는 것에서도, 실제는 공적 내지 반공적인 집단의 장에서 읊어진 것이라는 것을 알 수 있다. 그 집단의 장으로서는 출발시 국부에 집결해서 전도의 무사를 기원하고, 또 고개를 넘는 나니와에로의 여로와 여행길의 평안을 기원하는 의례의 장과 그에 수반되어 개최되는 연회석, 나아가 나니와항구에서의 사키모리 검교(檢校)후 위로의 연회석 등이 상정된다.

　나니와항에서는, 사키모리들에게 칙사로부터 '대군의 명'이 내려지고 관인의 격려를 받은 뒤, 사키모리들은 해로를 통해 서해(규슈)로 향한다. 여기서 주목되는 것은, '대군의 명'을 받아 그에 대한 충성심을 서약하는 장에서도 더욱 맹세하는 내용의 노래가 극히 드물고 대개가 이별의 심정을 노래하고 있다는 것이다.

4373번가에서 보듯 병사 19명으로 구성되는 '잇카(一
火)'의 장이 우두머리인 '가쵸(火長)'였던 것과 관계될 것
이다. 나아가 더욱 '대군의 명을 받은 오늘부터는 뒤돌아
보는 일 없이'라는 표현에서, 뒤돌아보려는 마음까지 떨
쳐버리려는 노력이 느껴진다. 가쵸의 노래조차도 이런
데, 하물며 그 이외의 '사키모리노래'는 떠나는 자의 노래
에서도 보내는 자의 노래에서도 모두 한결같이 일체 설명
이 필요 없는 이별을 괴로워하는 마음이 직접적으로 나타
나 있어 읽는 이의 심금을 울린다. 주름살 진 그러나 부드
럽고 커다란 부모의 손 감촉을 그리워하는 아들의 애모의
정을 읊은 노래(4346번) 등에서 그들의 이별에서 오는 슬
픔과 고통이 솔직하게 표현되어 있다.

5) 작자미상가

작자미상가의 대부분은 각 권마다 수록되어 있어, 그
전체 수는 『만엽집』 노래의 약 반 수에 해당한다. 권7에는
여행 노래들이 많고 권10에는 사계절의 풍물을 읊은 것,
권11·12는 '고금 상문가'들이 수록되어 있다. 권13은 장

가들을 모은 것으로 제식에 있어서의 의례가들이 많이 포함되어 있다. 그리고 권14는 앞에서 살핀 '아즈마노래'라 불리는 동쪽 지방의 풍토와 민중의 생활감정을 노래한 노래들이 많다. 다음은 유명한 다케토리 노인의 노래이다.

옛날, 이름을 다케토리라고 하는 노인이 있었다. 이 노인이, 춘3월 언덕에 올라 먼 곳을 바라보고 있자니 마침 새싹으로 국을 끓이고 있는 9명의 처녀가 있었다. 그 사랑스러움은 비할 바가 없고 꽃처럼 아름다운 용모는 더할 나위가 없었다. 그때, 처녀들이 노인에게, "할아버지, 이쪽으로 와서 이 불을 불어 주세요"라고 웃으며 청했다. 그래서 노인은 "예, 예" 하고는 점점 가까이 다가가 함께 어울렸다. 조금 지나자 처녀들은 야릇하게 웃으며 서로 머뭇거리면서 "누가 할아버지를 부른 것이냐?"라고 했다. 그래서 다케토리 노인은 그만 "뜻하지 않게 선녀처럼 아름다운 그대들을 만나 혼미한 마음을 억누를 수가 없었소. 너무 친근히 군 죄는 노래로 보답하겠소"라고 말해 버렸다. 그리고 만든 노래 1수와 함께 단가

昔、老翁あり、号を竹取の翁といひき。此の翁、季春の月に、
丘に登り遠く望むに、忽に羹を煮る九箇の女子に値ひき。百
嬌儔無く、花容止無し。時に、娘子等老翁を呼び嗤ひて曰は
く、叔父來りて此の燭の火を吹け、といふ。ここに翁唯々と曰
ひて、漸く趁き徐く行きて、座の上に着接る。やや久にして娘
子等皆共に咲を含み、相推讓りて曰はく、阿誰か此の翁を哉べ
る、といふ。すなはち竹取の翁謝りて曰はく、慮はざるに、偶
神仙に逢へり、迷惑へる心、敢へて禁ふる所なし。近づき狎れ
し罪は、希はくは贖ふに歌を以てせむ、といふ。即ち作る歌一
首 幷短謌

122 갓난아기였을 때에는 어머니에게 안겨 있고, 유아복
을 입고 돌아다닐 때에는 목면의 소매 없는 것에 안
쩝을 모두 대서 입었고, 머리를 턱까지 내린 소년 무
렵에는 홀치기 염색한 소매 붙은 옷을 입은 나요. 아
름다운 그대들과 같은 연령 때에는 까만 머리를, 빗
으로 이 주변까지 빗어 내리고 그것을 묶어 올리거나
꼬거나 풀어 헤치고 가르마를 타거나 하였소. 붉게

물들인 보라색 비단 옷이나 스미요시의 먼 고향 오노
의 개암나무로 염색한 옷에, 고려비단으로 만든 허리
띠를 차고 묶거나 겹치거나 해서 몇 겹이나 겹쳐 입
었고, 오미(麻績)부족이나 다카라(財部)부족이 짠 베
를 틀에 걸쳐 짠 포목이나 태양에 쬐인 마의 수제 옷
감을, 겹옷처럼 정강이에 붙이곤 했소. 이나키오나메
가 구혼을 위해 내게 보낸 외국의 두 색 비단 버선에,
아스카사내가 장마 동안 짠 검은 구두를 신고 정원에
서 서성거리고 있자니 (어머니가) "돌아가라, 서 있지
마라"라며 어떤 낭자를 귀찮아해서 쫓는 소리가 희미
하게 귀에 들렸소. 내게 보낸 물색 비단허리띠를 외
국풍으로 늘어뜨려 바다신 어전의 지붕을 날아다니
는 나나니벌처럼 가는 허리에 매어 장식하고는 거울
을 나열하여 자신의 얼굴을 몇 번이나 비춰보았소.
(그런 모습으로) 봄이 되어 들판을 돌아다니면 나를 멋
있다고 생각해서인가? 들판의 새도 와서 지저귀며 날
아다니고 가을이 되어 산 주변을 가면 내가 그리웠
던가? 창공의 구름도 길게 뻗어 있었소. 들산에서 수
도의 대로로 돌아오면, 궁녀나 도네리 남자들도 나를
몰래 훔쳐보며 저건 어디 사람인가라며 나를 흠모하

였소. 이렇게 옛날에는 행복했었던 내가 아아, 오늘은 당신들에게 뒷걸음질쳐질 정도로 주저되는 대상이 되었다니… 이러해서 옛 현인도 후대의 표본으로 삼으려고 노인을 실었던 지게를 가지고 돌아온 것이구나. 가지고 돌아온 것이구나. (16·3791)

綠子の 若子が見には たらちし 母に抱かえ 襁褓の 平生が身
には 木綿肩衣 純裏に縫ひ着 頸付の 童が身には 夾幡の 袖付
衣 着しわれを にほひよる 子らが吾同子には 蜷の腸 か黒し
髮を 眞櫛もち ここに搔き垂り 取り束ね 上げても卷きみ 解
き亂り 童になしみ さ丹つかふ 色なつかしき 紫の 大綾の衣
住吉の 遠里小野の 眞榛もち にほしし衣に 高麗錦 紐に縫ひ
付け 指さへ重なへ 並み重る着 打麻やし 麻績の子ら あり衣
の 財部の子らが 打栲は 經て織る布 日曝の 麻手作を 信巾裳
なす 脛巾にとらし 支屋ふる 稻置丁女が 妻問ふと われに遣
せし をちかたの 二綾下沓 飛ぶ鳥の 明日香壯士が 長雨忌み
縫ひし黑沓 さし履きて 庭にたたずめ 退な立ちと 障ふるをと
めが ほの聞きて われに遣せし 水縹の 絹の帶を 引き帶なす
韓帶に取らし 海神の 殿の蓋に 飛び翔る 蜻蠃のごとき 腰細に
取り飾らひ 眞澄鏡 取り並め掛けて 己が顔 返らひ見つつ 春
さりて 野辺を巡れば おもしろみ われを思へか さ野つ鳥 來

鳴き翔ろふ 秋さりて 山辺を行けば 懐かしと われを思へか

天雲も 行きたなびける 歸り立ち 道を來れば うち日さす 宮

女 さす竹の 舍人壯士も 忍ぶらひ 返らひ見つつ 誰が子ぞと

や 思はえてある かくのごと せられし故し いにしへ ささき

しわれやはしきやし 今日やも 子等に いさにとや 思はえてあ

る かくのごと せられし故し いにしへの 賢しき人も 後の世

の 鑑にせむと 老人を 送りし車 持ち歸り來し 持ち歸り來し

반가 2수 (反歌二首)

123 만일 젊어서 죽었다면 그렇다 치고, 수명대로 살아

있다면 너희들도 흰머리가 나겠지. (16·3792)

死なばこそ相見ずあらめ 生きてあらば白髮子らに生ひざら

めやも

124 너희들도 흰머리가 나게 될 때는 젊은 사람들에게

더욱 비난을 받을 것이다. (16·3793)

白髮し子らも生ひなば かくのごと若けむ子らに 罵らえか

ねめや

낭자들이 답하는 노래 9수 (娘子らの和する歌九首)

125 아아, 노인의 노래를 듣고 우둔한 우리들 아홉 처녀가 다만 이렇게 감탄하고 있어 좋을 일인가.
(16·3794)

はしきやし翁の歌に おほほしき九の子らや感けてをらむ

126 입술을 깨물고 입을 다물고 무조건 따르도록 하죠.
(16·3795)

辱を忍び辱を默して 事もなくもの言はぬ先にわれは寄りなむ

127 우리들이 싫다 해도 좋다 해도 어느 쪽이라도 이쪽 생각대로 받아들일 태세니 저도 따르죠. (16·3796)

否も諾も欲しきまにまに許すべきかたちは見ゆや われも寄りなむ

128 생사동심으로 맺어진 친구들이니 어찌 다를까요. 저도 따르죠. (16·3797)

死にも生も同じ心と結びてし友や違はむ われも寄りなむ

129 어째서 나 혼자만 친구들과 다른 태도를 취할까요. 싫다 좋다 없이 다른 친구들처럼 저도 따르도록 하죠. (16·3798)

何せむと違ひはをらむ否も諾も友のなみなみ われも寄りなむ

130 앞선 다른 애들처럼 이것저것 말하지는 않고 저도 따르죠. (16·3799)

豈もあらじ 己が身のから人の子の言も盡さじ われも寄りなむ

131 밖으로 드러내고 싶지 않은 모두의 기분을 잘 알겠어요. 저도 따르도록 하죠. (16·3800)

はだすすき穂にはな出でそ 思ひたるこころは知しらゆわれも寄りなむ

132 스미요시 해안 들녘 개암나무로 물들여도 좀처럼 물들지 않는 나이지만, 친구들에게는 물들자. (16·3801)

住吉の岸野の榛ににほふれど にほはぬわれやにほひてをらむ

해석과 감상

처녀들에게 냉대를 당해서 인생을 깨우치는 노래를 읊는 이 노래의 다케토리 노인은, 전설상의 인물에 대한 통칭일 수도 있고 글자 그대로 대나무를 취하는 노인을 말할 수도 있다. 이 노래는 중고시대 『다케토리모노가타리』와 후대의 각종 모노가타리의 원형이 된다. 또 이 노래는 훈가나(訓仮名)에 특별히 신경을 쓰고 있어 누가 어떠한 의도로 썼는지 의견이 분분하다.

제3장
나가기

  이상, 『만엽집』의 대표적 작가와 작품들 및 '21세기 현대 일본인이 사랑하는 『만엽집』 노래 10수'를 들어 그 배경과 인물들에 대해서 살펴보았다.

다시 한번 그 노래들을 들면 다음과 같다.

1	지치가 자라는 보랏빛 들판, 출입이 금지된 들판에 영지의 파수꾼이 오가는 것을 보고 있잖아요. 당신이 소매 흔들고 계시는 것을…. (1·20)
2	돌 위로 용솟음치는 폭포 주변 고사리의 싹이 나는 봄이 되었구나. (8·1418)

| 3 | 새로운 해 정월 초하루 오늘 내리는 이 눈처럼 앞으로 더욱더 좋은 일이 많이 쌓이길 바란다. (20·4516) |

| 4 | 봄 지나 여름이 온 듯하다. 하늘 가구산에 새하얀 옷이 걸려 있네. (1·28) |

| 5 | 다고 해안으로 나와 저 멀리 바라보니 후지산 높은 봉우리에 새하얗게 흰 눈이 내렸다. (3·318) |

| 6 | 애타게 그리워하다가 이렇게 만났을 때만이라도 사랑스런 말을 해주세요. 영원히 지속하고 싶으시다면. (4·661) |

| 7 | 동녘에 서광이 떠오르는 것이 보여 뒤돌아보니 달이 기울어지고 있네. (1·48) |

| 8 | 출항하려고 니키타츠에서 달을 기다리고 있자니 달도 조수도 마치 좋은 때가 되었네. 자, 이제 출발하자. (1·8) |

9	금도 은도 옥도 어찌 아이라는 훌륭한 보물에 비할 것인가. (5·803)
10	내 님을 야마토로 보내고 나니 어느새 밤은 깊어져 미명 이슬에 나 홀로 젖어 있네. (2·105)

고대 일본인들이 사랑과 사회에 대해서 또 인간에 대해서 어떻게 바라보고 느꼈는지, 또한 어떤 표현수단을 통해 개(個)와 집단을 표출하였는지를 『만엽집』 4,516수 전체는 아니더라도 여태까지 들었던 134수의 노래를 통해서나마 그 정서의 희노애락, 나아가 생동하는 숨결을 느낄 수 있을 것이다.

원래, 『만엽집』 표기는 앞에서 언급하고 제시하였듯이 전문이 한자로 쓰여 있는 한문 체재이다. 본고에서는 현대어 읽기표기를 덧붙여 해석하고 있지만, 상대시대에는 아직 가나(仮名) 문자가 만들어지지 않아 한자의 음과 훈을 차용해서 일본어를 표기하려고 한 만엽가나라고 불리는 독특한 표기법을 사용했다. 이는 우리의 향찰·이두와 같은 방식으로 신라에서 전개된 발상법이다. 만엽가나는, 나라시대 말기에는 자형을 조금 달리하거나 획수도 적은 문자가 다용되었는데, 헤이안(平安)시대에 이르면 더욱더 그 경향이 강해져 조금이라도 빨리 효율적인 문자를 쓰려고 자형을 극단으로 간략화하거나 자획을 생략하기도 한다. 그리하여 한자의 흘림체인 초서체에서 '히라가나(平仮名)'가, 한자의 부수에서 '가타가나(片仮名)'가 만들어지게 된다.

일례로 4516수 중 딱 중간의 노래로 가키노모토노히토마로 가집의 노래 한 수를 들어본다.

(만엽집 원문) 秋芽子之 枝毛十尾爾 置露之 消毳死猿 戀乍不有者

(일본어음) あきはぎの えだもとををに おくつゆの けかもしなまし こひつつあらずは

134 가을싸리의 가지가 서로 어우러질 정도로 놓인 이슬처럼 죽어 사라져버리면 좋을 텐데… 계속 그리워하지만 말고. (10 · 2258)

이상과 같이 원문은 만엽가나로 되어 있다. '원본과 완본이 없는『만엽집』의 한문으로 된 본문을 어떻게 교정하고 읽으며 바르게 해석할 것인가'라는 것은,『만엽집』연구에서 가장 중요한 문제이며 연구의 출발점이기도 하다.

이제까지의 본문 이동에 관한 흐름을 잠시 살펴보면, 대략 770년 전후에 편찬되었을 것이라 보고 있는『만엽집』은, 중고시대(헤이안시대)에 들어와서야 그 연구의 오래된 파편을 찾아볼 수 있다. 중고시대가 되자 당나라와의 교류가 활발해지면서, 모든 기록이 한문체로 바뀌어 만엽가나도 차츰 사라지게 된다. 그리고 분명하지는 않으나 대개 900년도 전후에 한자의 초서체의 상징에서 가나가 만들어지게 된 이후 가나가 일반화된다.

이러한 문자의 흐름 속에서,『만엽집』에 대해 951년에 행해졌다는 고텐(古點)이 첫 연구의 시점이 되고 이를 거쳐 지텐(次點) 나아가 신텐본(新點本)의 과정을 거치게 된다. 밑의 도표에서 보듯, 실제 만엽집 완본이라고 하는 것은, 중세시대 센가쿠의 신텐본에 의해서이다. 이 신텐본을 기반으로 근세시대인 1686년 게이츄(契沖)가 처음으로

『만엽집』 전체의 훈독과 해석을 엮어 내어(『만엽다이쇼키(萬葉代匠記)』)『만엽집』 연구에 제일보를 내딛는 선구자가 된다. 이후 많은 연구가 이어지고 현대(1926~1989)에 와서는 사사키 노부츠나(佐佐木信綱)·하시모토 신키치(橋本進吉)·다케다 유키치(武田祐吉) 등이 그간의 20종에 달하는 고사본(古寫本)·고간본(古刊本)을 대교하여『교본 만엽집(校本萬葉集)』을 만든다. 여태까지 수십 종에 달하는 『만엽집』 고사본이 제각각의 소장자들에 의해 깊이 소장되어 있고, 또 국보급 보물로도 지정되어 있는 관계로 그 하나하나를 들여다볼 수 없는 것이『만엽집』 연구의 큰 난제이다. 그런 중 이『교본 만엽집』이 그간의 고사본과 고간본을 대교하였다는 것은 후시대 연구자들이 쉽게 연구에 발을 들여놓을 수 있는 발판을 마련한 획기적인 작업이다. 이로써『만엽집』은 한 체계를 이루고 이후 본격적인 연구에 들어가게 된다. 현대에 와서는 이를 기점으로 더 많은 만엽 연구서가 출간되어 그 수는 방대하다. 연구목록만을 나열한 것으로 하나의 서적이 될 만큼의 연구량이다.

	시기	읽기가 정해진 노래수	완본 형태 및 종류
고텐 (古點)	951년 칙령에 의해 만엽의 한문체에 일본어 읽기[훈독(訓讀)]를 표기하기 시작	약 4000수	원본은 존재하지 않는다.
지텐 (次點)	고텐 이후 고텐에서 훈독하지 않은 노래에 차츰 히라가나가 더해졌다.	고텐에서 훈독하지 않은 노래	여러 종이 전해져 헤이안 후반에 5종, 가마쿠라기(鎌倉期, 1190~1336)에 6종이 있고, 무로마치기(室町期, 1390~1466)에 들어서면 많은 것이 남아 있다. 그러나 제각각이고 어느 것도 완본은 없다.
신텐본 (新點本)	가마쿠라 중기에 센카쿠(仙覺)가 지텐본 수십 종을 한데 모아 훈독했다.		신텐본(新點本)이라 하며 완본이다. 이후 에도 시대(江戶時代, 1596~1868)에 국학운동으로 인한 고대사 연구가 유행하여 1643년 활자부훈본(活字附訓本: 木版本)이 간행되어 세상에 널리 유포된다.

천 년 이상의 연구가 축적된 방대한 양의 『만엽집』 연구에 있어 한국인연구자로서의 딜레마란, 여타는 차치하

고 일단 텍스트에만 한정해서 보면,

1. 일본 학자들이 해놓은 『교본 만엽집』 이전의 사료에 접하기가 어렵다.
2. 현대 연구의 시점이 되는 『교본 만엽집』를 현 상태 그대로 믿어야 하는가.
3. 방대한 양의 『만엽집』 연구서 및 논문을 섭렵해야 한다.

라는 것을 들 수 있다.

일전, 어느 논문에서 '천황'이라는 표현이 위 고사본에 어떻게 되어 있는지를 알고자 위 『교본 만엽집』에 정리되어 있는 표기를 검토해 본 적이 있다. 그러면서 현 『교본 만엽집』으로는 만족할 수 없어 고사본이나 고간본으로 고텐, 지텐, 신텐의 훈을 직접 확인해 보고 싶은 마음이 들었었다.

일본학자들의 꼼꼼한 연구력은 세계적으로도 정평이 나 있지만, 그 연구력을 의심해서가 아니라 일본인의 시각에서가 아닌 우리의 시점으로 다시 한 번 살펴봐야 할 부분이『만엽집』및 일본고대문헌 속에는 산적해 있는 게 아닌가라는 생각이 든다.

왜냐하면,『만엽집』을 이러저러한 이유로 들여다보고 있노라면, 888년 진성여왕 2년 2월 여왕이 위홍(魏弘)과 대구(大矩)에게 편찬하도록 명을 내어 만든『삼대목(三代目)』이 자꾸 떠오르기 때문이다. 사서에, 우리나라『삼대목』은 이름에 대한 기록은 있되 그 내용은 없고 일본『만엽집』은 그 내용은 있으나 그 이름에 대한 기록이 전무한 것이다.

시기적으로도 정황적으로도 심증은 있으나 물증이 없는 것과 같은 이치로, 다소 튀는 이야기이나, 아무래도 우리의『삼대목』이 그대로『만엽집』에 내포되어 있는 게 아닐까, 이런 생각이 머리에서 떠나질 않는 것이다. 이 생각이 하나의 가설로서 입증 과정을 거치고 또 정설이 되기 위해서는 앞서 언급한 바 있는 일본『만엽집』및 여타 문헌들에 대한 고사본과 고간본들을 직접 눈으로 보고, 읽고 확인하는 과정이 필수적이다. 그러나 현재 이는 결코 쉬운 일이 아니다. 따라서 어느 개인의 힘보다는, 국가적 차원에서 이제까지와는 달리 보다 더 많은 『만엽집』 연구력과 시간, 연구 환경이 조성되고 결집되어야 할 것이다. 이러한 시계하에서 『만엽집』 연구는 시작되어야 한다. 그러고는 장래적으로 『만엽집』 및 고대문헌을 적극적으로 활용해서 우리 고대문화를 복원시키는 데 힘써야 할 것이다. 사족에 사족으로, 염원하는 이 일에 무엇보다도 필요한 것은, 먼저 이에 대한 보다 많은 자각과 관심일 터이다.

참고문헌

櫻井滿, 『對譯古典シリーズ 万葉集』, 旺文社, 1988. 5.

大岡信, 『私の万葉集』, 講談社現代新書, 1993. 10.

小野寬・櫻井滿, 『上代文學硏究事典』, おうふう, 1996. 5.

古橋信孝, 森朝男, 『万葉集百歌』, 靑灯社, 2008. 5.

강용자 역, 『풍토기』지식을 만드는 지식 고전선집, 2008. 2.

강용자 역, 『고사기』지식을 만드는 지식 고전선집, 2008. 10.

고용환, 강용자 역, 『만엽집』지식을 만드는 지식 고전선집,
　　　2009.12.

고용환 역, 『회풍조』지식을 만드는 지식 고전선집, 2010.11.